REBIRTH ACE 리버스 에이스

REBIRTH ACE 리버스 에이스 9

한승현 장편 소설

초판 1쇄 찍은 날 | 2017년 4월 19일
초판 1쇄 펴낸 날 | 2017년 4월 26일

지은이 | 한승현
펴낸이 | 예경원

기획 | 위시북스
편집책임 | 박우진
편집 | 이즈플러스

펴낸곳 | 예원북스
등록번호 | 제396-2012-000132호
등록일자 | 2012. 7. 25
KFN | 제1-097호

주소 | 경기도 고양시 일산동구 호수로 646-24 위너스21 Ⅱ 빌딩 206A호 (우)10401
전화 | 031-819-9431 팩스 | 031-817-9432
E-mail | yewonbooks@naver.com

ⓒ한승현, 2016

ISBN 979-11-6098-190-2 04810
　　　979-11-5845-486-9 (set)

REBIRTH ACE
리버스 에이스

리버스 에이스

WISHBOOKS MODERN FANTASY STORY

한승현 장편소설

9

쇼케이스

Wish Books

REBIRTH ACE 리버스 에이스

CONTENTS

제2차 한미 올스타 출전 선수 예비 명단이 발표되자 야구 팬들은 하나같이 당혹감을 금치 못했다.

　놀랍게도 18인의 투수 예비 엔트리 중에 한정훈의 이름은 보이지 않았다.

　같은 팀 투수인 강현승과 이승민은 포함되어 있었지만 한정훈은 찾을 수가 없었다.

　ㄴ뭐야? 한정훈 어딨냐?

　ㄴ헐. 뭐야 이 말 같지도 않은 엔트리는?

　ㄴ설마 한정훈 한국 시리즈 때 무리해서 부상당한 건 아니겠지?

└에이, 담당자 실수로 누락 됐겠지. 한정훈이 빠지면 무슨 재미로 보라고?

한국 시리즈가 끝난 시점에서 야구팬들의 관심은 온통 한미 올스타전에 향해 있었다.

물론 스톰즈와 와이번스가 참여하는 아시안 시리즈가 남아 있었지만 미국 본토에서 열리는 한미 올스타전에 비할 바 못 됐다.

게다가 공교롭게도 두 대회는 일정이 서로 맞물려 있었다.

그래서 야구팬들은 한정훈이 아시안 시리즈보다는 한미 올스타전에 출전해 주길 바랐다.

그리고 당연히 그럴 것이라 여겼다.

하지만 한정훈의 선택은 한미 올스타전이 아니라 아시안 시리즈였다.

"스톰즈의 투수로서 팀이 아시안 시리즈에서 우승할 수 있도록 최선을 다하겠습니다."

야구팬들은 한정훈이 스톰즈에 대한 과한 충성심 때문에 잘못된 판단을 하고 있다고 생각했다.

하지만 전문가들은 한정훈이 당연한 판단을 내렸다고 입을 모았다.

"모든 구단에서 용병들과 계약할 때 아시안 시리즈 참가를 조건으로 내걸고 있죠. 그건 아시안 시리즈까지를 한 시즌으로 본다는 의미와 다를 바 없습니다."

"제 생각도 같습니다. 실제 그런 이유로 와이번스와 스톰즈의 용병 투수들이 아시안 시리즈를 준비하고 있고요."

"용병들도 아시안 시리즈를 시즌의 일부로 여기고 있는데 에이스인 한정훈이 올스타전 참가로 빠진다? 이건 솔직히 말이 되지 않는 이야기거든요."

"어쩌면 한정훈 선수 역시 계약상에 아시안 시리즈 참여에 대한 조항이 있을지도 모릅니다."

"솔직히 말해 이건 한정훈 선수의 잘못도 스톰즈의 잘못도 아닙니다. 협회에서 일정을 겹치게 잡은 것부터가 문제입니다."

"일각에서는 한미 올스타전의 흥행과 존속을 위해 한정훈 선수가 참여해야 한다는 말이 많은데, 글쎄요. 이제 막 시작하는 대회를 위해 매년 열려왔던 아시아 시리즈를 괄시하자는 게 상식적으로 옳은 소리인지 이해가 가지 않습니다."

전문가들이 속사정을 까발리자 야구팬들의 분노가 협회를 향했다.

ㄴ내가 이럴 줄 알았지.

ㄴ진짜 한국에 제대로 된 협회는 양궁 협회뿐인가.

ㄴ한국 시리즈 때 규정에도 없는 서울 경기 잡을 때부터 알아봤지만 진짜 주먹구구 쩐다.

└이런 협회를 믿고 뛰는 선수들이 불쌍하다.

쉴 새 없이 쏟아지는 야구팬들의 불만에 협회 홈페이지는 먹통이 된 지 오래였다.

거기에 언론들까지 나서며 협회 패리기에 동참하자 협회도 더는 버틸 재간이 없었다.

"아무래도 한정훈은 포기하는 게 좋을 것 같습니다."

"스톰즈 구단의 입장에서도 한정훈 없이 아시안 시리즈를 치르기가 부담스러울 겁니다."

협회는 뒤늦게 한미 올스타전 엔트리를 아시안 시리즈에 참석하지 않은 선수들로 구성하겠다는 뜻을 밝혔다.

혹시나 하는 마음에 뭉그적댔지만, 한정훈이 아시안 시리즈 참가를 희망한 만큼 강제적으로 한미 올스타전에 출전시킬 방법이 없었다.

그러자 이번에는 미국 측에서 강하게 반발했다.

"한정훈이 불참한다니?"

"젠장할! 그럼 올스타전을 치를 이유가 없잖아!"

한정훈의 불참 소식에 메이저리그 구단주들은 하나같이 불만을 토로했다.

특히나 빅 마켓 구단들의 충격은 컸다.

한정훈을 미국 마운드에 세우기 위해 주력 선수들의 출장까지 승인한 상태라 KBO에 제대로 뒤통수를 맞은 기분이었다.

"한정훈이 오지 않으면 이번 대회는 실패할 겁니다."

"이미 최고의 선수들을 내보내기로 상호 합의를 한 상태에서 이건 말도 안 되는 소리입니다."

빅 마켓 구단주들은 번갈아 가며 롭 프레드 메이저리그 커미셔너를 압박했다.

친선 경기인 만큼 선수 출전을 강제할 수는 없겠지만 한정훈만큼은 예외일 수밖에 없었다.

"이건 양국 간의 야구 교류에 전혀 도움이 되지 않는 결정입니다."

롭 프레드 커미셔너도 공식 서한을 통해 KBO에 유감의 뜻을 보냈다.

아울러 이번 대회를 끝으로 한미 올스타전의 유지에 대해 다시 한 번 생각해 보겠다고 경고했다.

"하아, 큰일입니다."

"그렇다고 한정훈 선수만 빼 올 수도 없는 노릇 아닙니까?"

협회 관계자들은 이러지도 저러지도 못했다.

마음 같아선 당장 한정훈을 한미 올스타 엔트리에 포함시키고 싶었지만 그랬다간 스톰즈 구단과 팬들의 원성을 감당키 어려울 것 같았다.

그때였다.

"그럼 이렇게 하는 게 어떻겠어요?"

한미 올스타 운영 위원회 자문 위원이자 메이저리그 전문 해설위원으로 명성이 높은 허구은이 입을 열었다.

자연스럽게 관계자들의 시선이 허구은에게 향했다.

그러자 허구은이 멋쩍은 듯 헛기침을 한 번 내뱉은 뒤 말을 이었다.

"한정훈 선수를 아시안 시리즈 1차전에 등판시키는 겁니다. 그리고 곧바로 미국으로 불러들인다면 올스타전 1차전 등판이 가능해집니다."

아시안 시리즈와 한미 올스타전의 일정이 겹치긴 하지만 그렇다고 완벽하게 중복이 되는 것은 아니었다.

아시안 시리즈 1차전은 11월 2일, 토요일부터 시작이었다.

총 8개 팀이 2개 그룹으로 나뉘어 예선전을 치른 뒤 각 그룹 1, 2위 팀이 엇갈려 준결승전과 결승전을 치르는 방식이었다.

스톰즈의 아시안 시리즈 첫 경기는 11월 2일.

그리고 준결승전은 11월 7일, 결승전은 11월 8에 잡혀 있었다.

반면 한미 올스타전은 11월 6일부터 시작이었다.

첫날은 기념행사가 있으며 11월 7일에는 한미 레전드 매치가 진행된다.

공식적인 한미 올스타전의 시작은 11월 8일.

한정훈이 11월 2일, 스톰즈의 에이스로 첫 등판을 한 뒤에 곧바로 미국으로 건너온다면 11월 8일 한미 올스타전 1차전에 선발 등판이 가능할 것이라는 게 허구은의 생각이었다.

물론 그렇게만 된다면 더할 나위가 없었다. 협회는 물론 한정훈도 두 마리 토끼를 다 잡을 수 있게 된다.

그러나 관계자들의 표정은 기대만큼 밝아지지 않았다.

"좋은 생각이긴 합니다만…… 스톰즈 구단에서 허락할까요?"

"스톰즈 구단은 한정훈을 결승전에 투입하려 할 텐데요."

일부 관계자들은 실현 가능성이 높지 않다고 말했다.

현재 스톰즈 구단은 한정훈을 앞세워 창단 최초 트리플 크라운(정규 리그 우승, 한국 시리즈 우승, 아시아 시리즈 우승)을 노리는 상황이었다.

예선도 아니고 결선 라운드에서 한정훈을 내달라고 한다면 결코 순순히 내줄 것 같지 않았다.

하지만 허구은은 가능성은 충분하다며 웃어 보였다.

"한정훈 선수는 미국 진출을 노리고 있습니다. 미국에서 열리는 경기가 어떤 의미인지 누구보다 잘 알고 있을 겁니다. 그러니 적당히 바람만 넣어주세요. 아마 한정훈 선수도 한미 올스타전에 참가하고 싶어 근질근질할 테니까요."

한미 올스타전은 메이저리그 진출을 노리는 한정훈에게 최고의 쇼케이스 무대나 마찬가지였다.

그래서 허구은은 한정훈이 이 기회를 놓치지 않을 것이라고 확신했다.

하지만 정작 박찬영 대표를 통해 되돌아온 한정훈의 대답은 정반대였다.

"아시안 시리즈가 끝난 다음이라면 모르겠지만 대회 중간에 한미 올스타전에 참가할 수는 없다는데요?"

"그, 그럴 리가요. 한정훈 선수의 의사를 제대로 물어본 게 맞습니까?"

"네, 제가 혹시나 해서 한정훈 선수와 별도로 전화 통화까지 시도해 봤는데 같은 대답을 들었습니다."

"허……! 이거 한정훈 선수가 뭘 대단히 잘못 생각하고 있는 것 같습니다."

허구은은 고개를 절레절레 흔들어 댔다.

어차피 내후년이면 떠날 팀이다.

그런데 별 의미도 없는 아시아 시리즈에 집착하는 한정훈이 도저히 이해가 되지 않았다.

그러나 한정훈은 스톰즈의 일원으로 아시안 시리즈에 참여하는 게 당연한 도리라고 생각했다.

"정훈아, 후회 안 하냐?"

일본으로 향하는 비행기 안에서 배용수가 넌지시 물었다.

"뭐가요?"

"뭐긴, 한미 올스타전이지."

"아아, 이번 대회 끝나고 가면 되죠."

한정훈은 대수롭지 않게 대답했다.

젊고 실력 있는 선수들이 한미 올스타전에 참가하고 싶어 안달이 났다는 소문이 파다하게 퍼진 상태였지만 한정훈에게는 남의 일처럼 느껴졌다.

"짜식."

배용수가 피식 웃었다.

한정훈이 한미 올스타전에 미련을 가지고 있으면 어쩌나 걱정했는데 쓸데없는 기우였던 모양이었다.

"어쨌든 이번 대회도 잘 부탁한다, 정훈아."

한정훈을 흐뭇한 눈으로 한 번 바라본 뒤 배용수는 목베개를 하고 잠을 청했다.

그러자 한정훈도 다시 손에 들고 있던 대진표를 내려다봤다.

A그룹

안양 스톰즈(한국, 서부 리그 우승/한국 시리즈 우승)

요미다 자이언츠(일본, 센트럴리그 우승/재팬 시리즈 우승)

투이 라이온즈(대만, 대만 시리즈 2위)

호주 야구 대표팀(초청팀)

B그룹

인천 와이번스(한국, 동부 리그 우승/한국 시리즈 준우승)

재팬햄 파이터즈(일본, 퍼시픽리그 3위/재팬 시리즈 준우승)

라미오 몽키즈(대만, 대만 시리즈 1위)

중국 야구 대표팀(초청팀)

　스톰즈가 준결승 진출을 놓고 다툴 팀은 요미다와 투이, 그리고 호주 대표팀.

　이 중 스톰즈가 경계해야 할 팀은 역시나 요미다였다.

　일본 최고의 인기 팀으로 군림하는 요미다는 지난겨울 적극적인 용병 교체와 선수 영입을 통해 팀 전력을 강화시켰다.

　그 결과 라이벌 칸신을 한 경기 차이로 제치고 센트럴리그 우승을 차지할 수 있었다.

　그리고 그 여세를 몰아 2012년 이후 7년 만에 재팬 시리즈 정상을 탈환하는 데 성공했다.

　대회 조직위는 4년 만에 일본 본토에서 열리는 대회의 흥행을 위해 첫날 요미다와 스톰즈의 경기를 잡았다.

　일본 최강의 공격력을 자랑하는 요미다와 한국 최고의 방패 한정훈의 맞대결을 통해 야구팬들의 관심을 단숨에 끌어

모으겠다는 계산이었다.

일본 언론에서도 벌써부터 한정훈과 요미다의 맞대결을 두고 연일 분위기를 조성하고 있었다.

[스톰즈 vs 자이언츠! 한국과 일본 최강팀의 맞대결 성사!]
[한정훈! 과연 요미다의 메가 클린업을 당해낼 수 있을 것인가!]

한정훈이 올 시즌 보여준 어마어마한 성적 때문인지 한정훈을 폄하하거나 우습게 여기는 논조는 찾아보기 어려웠다.

하지만 제아무리 한정훈이라 하더라도 요미다의 강력한 중심 타자들을 상대하기란 쉽지 않을 것이라는 예상이 우세했다.

그러나 한정훈은 정작 다른 것에 관심을 두고 있었다.

'B그룹에서 누가 올라올까?'

일본 야구 전문가들은 한목소리로 A그룹에서 결선 라운드에 진출팀으로 스톰즈와 요미다를 꼽았다.

순위는 요미다가 1위, 스톰즈가 2위.

순위가 뒤바뀔 수는 있겠지만 진출팀이 달라질 가능성은 없다고 봤다.

반면 B그룹은 세 팀이 혼전 양상이었다.

투수력을 바탕으로 한 와이번스와 재팬햄, 그리고 폭발적인 타격으로 대만 리그 정상에 오른 라미오.

이들 세 팀 중 어느 팀이 결선 라운드에 진출하더라도 이상할 게 없다는 의견이 많았다.

물론 일본 야구 전문가들은 라미오보다 재팬햄과 와이번스가 1, 2위를 차지할 가능성을 높게 봤다.

아시아 시리즈 특성상 타격이 강한 팀보다 투수력이 강한 팀의 성적이 더 좋았기 때문이다.

하지만 애국심을 떠나 개인적으로 한정훈은 와이번스와의 맞대결만큼은 피하고 싶었다.

'와이번스는 솔직히 지긋지긋해.'

9차전까지 진행된 와이번스와의 한국시리즈에서 한정훈은 무려 4번이나 선발로 등판했다.

아시아 각국의 프로팀과 싸울 수 있는 아시아 시리즈에까지 와서 와이번스를 상대하고 싶진 않았다.

와이번스보다는 차라리 쇼타가 버티고 있는 재팬햄이 나았다.

그리고 두 팀보다 쿠바산 용병들을 대거 영입했다는 라미오가 더 신선하게 느껴졌다.

그러나 일본에서 원하는 매치 업은 따로 있었다.

"스톰즈에서 내부적으로 한정훈 선수를 요미다전에 선발 등판시키기로 결정했다고 합니다."

"그야 당연하겠죠. 정말로 우승을 하겠다면 예선에서 요미다를 꺾어야 할 테니까요."

"문제는 그다음입니다. 일정대로라면 한정훈 선수가 준결승전에 등판할 가능성이 높습니다."

"대회 흥행을 위해서라도 한정훈 선수가 결승전에 나와야 하지 않을까요?"

"스톰즈와 요미다가 결승전에서 맞붙는다면 최고일 텐데 말이죠."

일본 전문가들은 한정훈이 도쿄 돔에서 열리는 결승전에 꼭 등판하길 바랐다.

어렵게 선점한 한정훈이라는 이슈를 제대로 활용하기 위해서라도 결승전을 아시아 시리즈 최고의 대회로 만들 필요가 있었다.

대회 조직위원회도 같은 이유로 요미다에 협조를 구했다.

"첫 경기도 중요하지만 결승전이 빛나야 하지 않겠습니까?"

대회 조직위원장은 요미다 사장에게 결승전의 중요성을 역설했다.

그러면서 에이스인 스기노 토모유키의 등판을 미뤄 달라고 정중하게 부탁했다.

"알겠습니다. 그렇게 하지요."

당초 스기노 토모유키를 1차전인 스톰즈 전에 등판시키려 했던 요미다 구단은 다급히 타구치 카즈로 선발을 변경했다.

비록 하위 선발이긴 했지만 타구치 카즈는 요미우리가 수

년 간 공을 들여 키운 투수였다.

그러나 갑작스런 선발 변경 통보를 받은 스톰즈 입장에서는 기분이 좋을 리 없었다.

"타구치 카즈라니?"

"이거 우리를 너무 무시하는 거 아닙니까?"

스톰즈 코치들은 하나같이 불만을 터뜨렸다.

경기 전날에 갑작스럽게 선발을 변경하는 것도 당혹스러운데 상위 선발을 놔두고 5, 6선발 자리를 오갔던 타구치 카즈를 내세우다니.

꼭 조롱을 받는 기분이었다.

타구치 카즈의 올 시즌 성적은 13승 9패. 평균 자책점은 2.89로 준수한 편이었다.

그러나 20승을 거두며 요미다를 리그 우승으로 이끈 스기노 토모유키에 비할 정도는 아니었다.

"그럼 우리도 정훈이를 다른 경기에 투입시켜야 하지 않을까요?"

"제 생각도 같습니다. 요미다전이 중요하긴 하지만 저희 선수들이 타구치 카즈에게 밀린다고 생각되지는 않습니다."

코치들이 한 목소리로 선발 변경을 주장했다.

스톰즈의 에이스이자 대한민국의 에이스인 한정훈을 고작 타구치 카즈의 맞상대로 내보낼 수는 없다는 이야기였다.

"그렇지 않아도 마크 레이토스의 고별전이 마땅찮은 상황이었는데 요미다와의 첫 경기에 등판시키는 것도 나쁘지 않을 것 같습니다."

래미 앤더슨 투수 코치도 국내 코치들의 의견에 힘을 실어 줬다.

내년 시즌부터 스톰즈의 용병 보유 제한은 5명에서 4명으로 줄어든 상태였다.

그리고 용병 보유 제한 축소에 맞춰 마크 레이토스는 메이저리그 복귀를 추진 중에 있었다.

본래 마크 레이토스는 한국 시리즈에서 좋은 경기를 펼쳐 한국 야구팬들과 스톰즈 야구팬들에게 작별 인사를 하겠다는 계획을 세우고 있었다.

하지만 선발 등판한 모든 경기에서 승운이 따르지 않으며 계획이 무산됐다.

그래서 휴식이 필요하다는 담당 주치의의 만류도 무릅쓰고 아시아 시리즈에 합류한 상태였다.

"마크 레이토스의 고별전은 결승전이 낫다면서?"

로이스터 감독이 어이없다는 얼굴로 래미 앤더슨을 바라봤다.

당초 마크 레이토스를 요미다와의 1차전에 투입한 뒤 한정훈을 2차전에 올려 결승전에 대비시키겠다는 게 로이스터 감독의 복안이었다.

하지만 래미 앤더슨은 요미다와의 첫 경기의 중요성을 강조하며 한정훈으로 맞불을 놓아야 한다고 말했다.

그런데 이제 와서 태도를 바꾸어 한국 코치들의 주장에 동참하니 그저 헛웃음만 났다.

하지만 래미 앤더슨도 괜히 투수 교체를 건의한 게 아니었다.

"솔직히 체력이 많이 떨어진 마크 레이토스가 완투형 투수인 스기노 토모유키를 상대로 승리를 따낼 가능성을 낮게 봤습니다. 하지만 타구치 카즈라면 충분히 승산이 있습니다."

래미 앤더슨은 스톰즈에서 마지막 승리를 바라는 마크 레이토스의 간절한 바람을 이뤄주고 싶었다.

그래서 호주 야구 대표팀과의 2차전에 선발 등판시키려 했다.

비록 마크 레이토스가 원하는 강팀은 아니지만 스톰즈의 일원으로 아시아 시리즈에서 1승을 보탰다는 추억은 가져갈 수 있기를 바랐다.

그런데 갑작스럽게 요미다에서 선발투수를 변경하면서 상황이 달라졌다.

올 시즌을 끝으로 메이저리그 진출을 노리는 스기노 토모유키가 아니라 타구치 카즈가 버티는 요미다라면 마크 레이토스가 충분히 해볼 수 있다는 판단이 선 것이다.

"흠……."

로이스터 감독도 이내 고개를 끄덕거렸다.

스톰즈 구단 입장에서는 2년간 적잖은 돈을 받으며 활약한 수많은 외국인 투수 중의 한 명일지 몰라도 로이스터 감독과 외국인 코치들에게 마크 레이토스는 함께 한솥밥을 먹는 게 영광스러운, 대단한 투수였다.

그래서 팀에 피해가 가지 않는다면 마크 레이토스의 마지막을 조금 더 화려하게 만들어주고 싶었다.

"좋아. 그렇게 하지."

로이스터 감독은 코치들의 의견을 받아들여 요미다전 선발을 변경했다.

그리고 그 사실을 마크 레이토스와 한정훈, 두 투수에게 전해 주었다.

"한, 미안하다."

감독실을 나서며 마크 레이토스가 멋쩍게 말했다.

요미다의 갑작스런 선발 변경으로 생긴 일이긴 하지만 왠지 한정훈의 자리를 빼앗은 것 같은 기분이었다.

그러자 한정훈이 별소리를 다 한다며 피식 웃어 보였다.

"미안하긴 뭐가 미안해? 난 괜찮으니까 꼭 이겨. 알았지?"

한정훈의 응원을 받은 마크 레이토스는 요미다의 강타선을 7이닝 6피안타 1실점으로 막아내고 팀의 승리를 이끌었다.

1회부터 6회까지 매회 선두 타자를 출루시켰지만 5회에 적시타를 허용한 걸 제외하고 후속 타자들을 완벽하게 잡아

냈다.

반면 깜짝 선발 등판한 타구치 카즈는 5이닝 7피안타 4실점하며 팀의 패배에 눈물을 흘려야 했다.

요미다 타자들이 8회와 9회 1점씩을 따라붙었지만 경기 초반에 벌어진 점수는 끝내 뒤집히지 않았다.

최종 스코어 4 대 3.

승리 팀은 스톰즈.

승리투수는 마크 레이토스였다.

그리고 다음 날, 요미다의 홈구장인 도쿄 돔에서 스톰즈와 호주 대표팀 간의 2차전이 열렸다.

"뭐야? 관중들이 이게 전부야?"

"그러게. 일본 야구 수준도 형편없는데?"

어제와는 달리 채 절반도 채워지지 않은 관중석을 바라보며 호주 대표팀의 투타 에이스, 팀 케이슨과 매튜 어건이 이맛살을 찌푸렸다.

고작 이런 대접을 받기 위해 휴식조차 반납하고 바다를 건너왔던 게 아니었다.

그런 줄도 모르고 일본 언론들은 팀 케이슨과 매튜 어건의 속을 박박 긁어 놓았다.

"한정훈 선수와 선발 맞대결을 펼칠 예정인데 긴장되지 않습니까?"

"타석에서 한정훈 선수의 공을 공략할 자신이 있습니까?"

일본 언론들의 질문에는 한정훈이라는 이름 석 자가 빠지지 않았다.

마치 오늘 경기가 한정훈을 위한 헌정 경기라도 되는 것처럼 카메라를 들고 온다 싶으면 한정훈 이야기부터 꺼냈다.

"대체 왜 내가 긴장해야 하는 겁니까? 난 메이저리거입니다. 긴장해야 하는 건 오히려 한정훈이라고요."

"한정훈의 공을 칠 자신이 있냐고요? 이봐요! 난 지난 시즌에 메이저리그에서 13개의 홈런을 때렸다고요. 한정훈은 오늘 내 방망이를 조심해야 할 겁니다."

팀 케이슨과 매튜 어건은 흥분을 감추지 못했다.

본래 다혈질이기도 했지만 메이저리거인 자신들 앞에서 고작 한국 리그에서 뛰는 한정훈을 치켜세우니 약이 오를 수밖에 없었다.

물론 팀 케이슨과 매튜 어건도 한정훈의 소문을 듣지 못한 건 아니었다.

하지만 소문을 100퍼센트 신뢰하지는 않았다.

오히려 지나치게 과대 포장됐다고 여겼다.

"한정훈이 뭐가 대단하다는 거야? 그래 봐야 아시아인이잖아?"

"진짜 짜증 나니까 매튜, 네가 한 방 갈겨 버리라고."

"걱정하지 마. 네가 부탁하지 않아도 한정훈의 코를 납작하게 만들 생각이니까."

때마침 호주 TV에서 인터뷰를 요청하자 팀 케이슨과 매튜 어건은 작심하고 입을 열었다.

"한정훈? 모릅니다. 그가 누구죠?"

"커셔라면 모를까 한국 투수의 공은 두렵지 않습니다."

팀 케이슨과 매튜 어건은 짜기라도 한 것처럼 한정훈에 대해 아는 게 없다고 말했다.

그러면서 스톰즈를 박살 내고 아시아 시리즈에서 우승하겠다며 당당히 포부를 밝혔다.

"허, 저 녀석들. 꿈도 야무진데?"

인터뷰 장소 근처에서 몸을 풀던 루데스 마르티네즈가 헛웃음을 흘렸다.

"그러게 말이야. 일부러 저러는 거면 좀 유치하기도 하고."

잭 피터슨도 한마디 거들었다.

메이저리거로서 자부심이 대단한 건 알겠지만 일본은 물론이고 미국 전역을 떠들썩하게 만들고 있는 한정훈을 모르쇠로 일관한다는 것 자체가 치졸하기만 했다.

"이거 한에게 말해줘야 할까?"

"그럴 필요 있겠어? 어차피 한은 신경도 안 쓸 텐데."

"그렇지?"

"둘 다 한정훈의 공을 보면 정신이 번쩍 들겠지."

"그리고 조금 전에 한 인터뷰 내용을 없애 버리고 싶을 거야."

"하지만 호주 방송사에서는 경기 전에 인터뷰 영상을 틀어 버릴지도 모르지."

"크흐흐. 한국에서 흔히 말하는 흑역사가 쓰여지는 건가?"

자신만만한 얼굴로 파이팅을 외치는 팀 케이슨과 매튜 어건을 바라보며 루데스 마르티네즈와 작 피터슨은 애써 웃음을 참았다.

과연 경기가 시작된 이후에도 지금처럼 당당할 수 있을지 벌써부터 기대가 됐다.

"매튜! 한 방 날려 버려!"

경기가 시작되고 매튜 어건이 선두 타자로 타석에 들어서자 팀 케이슨이 들으라는 듯이 소리쳤다.

"걱정 마, 팀. 저 건방진 동양인 녀석을 마운드에서 끌어 내릴 테니까."

쓸데없이 혼잣말을 중얼거리며 매튜 어건이 방망이를 단단히 움켜잡았다.

팀 케이슨에게 보답하기 위해서라도 한정훈의 초구를 때려 시원한 장타를 날려낼 생각이었다.

하지만

퍼엉!

한정훈이 내던진 초구는 방망이를 휘두를 기회조차 주지 않고 순식간에 홈 플레이트를 스쳐 지나가 버렸다.

'뭐, 뭐야?'

매튜 어건이 당혹스런 눈으로 포수 미트를 바라봤다.

그리곤 다시 한 번 눈을 치뜨고 말았다.

한가운데.

놀랍게도 박기완의 미트는 홈 플레이트 정중앙에 머물러 있었다.

'이 자식이!'

순간 울컥한 매튜 어건이 한정훈을 노려봤다.

그러자 한정훈이 박기완을 향해 공이 빠졌다는 식의 제스처를 취했다.

돔구장이긴 해도 11월의 날씨는 쌀쌀한 편이었다.

제아무리 한정훈이라 하더라도 초구부터 완벽하게 제구를 잡기란 쉽지 않았다.

그러나 매튜 어건은 한정훈이 고의로 자신에게 한가운데 패스트볼을 던졌다고 여겼다.

그리고 그런 뻔한 공을 쳐 내지 못한 스스로에게 화를 냈다.

"어디 다시 한 번 던져 봐! 이 자식아!"

매튜 어건이 빠득 이를 악물며 방망이를 들어 올렸다.

그 순간.

후아앗!

한정훈의 손끝에서 새하얀 무언가가 튕겨져 나왔다.

'……!'

공을 보기가 무섭게 반사적으로 허리를 움직였던 매튜 어건이 움찔 놀라며 한 발 물러섰다.

초구보다 더 빨라진 공이 자신의 무릎 앞을 예리하게 베고 사라져 버렸기 때문이다.

그런데.

"스트라이크!"

일본인 구심의 입에서 스트라이크 콜이 터져 나왔다.

"이게 스트라이크라고?"

매튜 어건의 얼굴이 와락 일그러졌다.

분명 2구는 몸 쪽으로 붙어 들어왔다.

스트라이크존 바깥쪽을 스치긴 했지만 메이저리그 기준으로 봤을 때는 분명한 볼 코스였다.

그래서 매튜 어건도 굳이 방망이를 내돌리지 않았다.

쳐 봐야 파울인 공을 건드리느니 기다려 볼카운트를 유리하게 만들겠다는 계산이었다.

하지만 일본인 구심이 스트라이크를 선언하면서 볼카운트가 완전히 몰려 버렸다.

"이봐! 심판! 이게 정말 스트라이크란 말이야?"

매튜 어건이 벌겋게 달아오른 얼굴로 구심을 노려봤다.

그러나 구심은 눈 하나 까딱하지 않았다.

경기 중 스트라이크 볼은 전적으로 구심의 재량이었다.

제아무리 메이저리거라 하더라도 자신의 스트라이크존에 이래라저래라 할 자격은 없었다.

"젠장할!"

매튜 어건은 애써 분을 삭이며 타석에 들어섰다.

구심과 싸워봐야 좋을 게 하나 없다는 걸 모르지는 않지만 일본인 구심이 메이저리거인 자신을 우습게 여긴다는 생각을 지울 수가 없었다.

그사이 사인을 확인한 한정훈이 3구째를 내던졌다.

후아앗!

한정훈의 손끝을 빠져나간 공이 또다시 매튜 어건의 몸 쪽으로 날아들었다.

'크윽!'

매튜 어건은 어쩔 수 없이 허리를 휘돌렸다.

볼카운트가 몰린 상황에서 몸 쪽을 이상하리만치 후하게 잡아주는 일본 구심의 성향을 감안했을 때 걷어내지 못하면 삼진을 당할 가능성이 높다고 판단했다.

후우웅!

간결하게 허리를 빠져나온 방망이가 바람 소리를 내며 홈플레이트 위로 날아들었다.

하지만 그 순간.

똑바로 날아들던 한정훈의 공이 갑자기 밑으로 가라앉기 시작했다.

'스플리터!'

뒤늦게 한정훈의 전력 분석표에 나온 스플리터를 떠올린 매튜 어건은 방망이를 멈춰 세우기 위해 발악을 했다.

하지만 홈 플레이트 윗면을 진즉에 스쳐 지난 방망이는 다시 돌아올 생각을 하지 못했다.

─1번 타자 매튜 어건 선수. 3구 삼진으로 물러납니다.

─스플리터에 완전히 속았죠. 한정훈 선수가 투 스트라이크 이후에 좌타자들을 상대로 스플리터 승부를 자주 펼친다는 게 전략 분석을 통해 알려졌을 텐데 전혀 대비를 하지 못한 모습입니다.

─날씨가 쌀쌀해서인지 한정훈 선수의 구속이 생각만큼 나오지 않고 있는데요.

─네, 초구가 152㎞/h였고 2구가 154㎞/h, 그리고 조금 전 스플리터가 149㎞/h였죠.

─한정훈 선수가 컨디션이 나쁠 때도 패스트볼 구속이 155㎞/h 이하로 떨어진 경기가 없었는데요.

─네, 그래서 제가 몸이 덜 풀린 이 시점에서 한정훈 선수를 흔들어 놓지 못하면 호주 대표팀은 승산이 없다고 말씀드렸던 겁니다.

─그런데 호주 대표팀의 유일한 메이저리그 타자인 매튜 어건 선수가 허무하게 물러났는데요.

-제가 경기 전에 그나마 한정훈 선수가 경계해야 할 선수로 매튜 어건 선수를 꼽았는데요. 그 말 취소해야 할 것 같습니다.

　유일한 관심사였던 한정훈과 메이저리거 매튜 어건의 대결이 시시하게 끝나자 한국 중계진은 실망감을 감추지 못했다.

　그것은 일본 중계진도 마찬가지였다.

　-매튜 어건 선수, 심판의 스트라이크존에 강하게 불만을 표시했는데요.

　-메이저리그에서는 몸 쪽 코스를 잘 잡아주지 않는 경향이 있으니까요.

　-그렇다면 매튜 어건 선수 입장에서는 일본 구심의 스트라이크 판정에 불만이 있을 수도 있다는 이야기인데요.

　-그런데 더 자세히 들여다보면 몸 쪽 코스에서 이익을 보는 선수는 대부분 이름난 메이저리거들뿐입니다. 매튜 어건 선수가 올 시즌 다저스의 백업 선수로 뛰고 있긴 하지만, 글쎄요. 2구는 메이저리그 구심을 데리고 왔다 하더라도 스트라이크가 선언됐을 가능성이 높아 보입니다.

　-메이저리그 선수라 하더라도 구심의 스트라이크존을 겸허하게 받아들일 필요가 있는데 매튜 어건 선수, 오만했

네요.

　─반면 한정훈 선수, 2구째 구심의 스트라이크 콜 이후로 과감하게 몸 쪽을 활용하는 모습이 인상적이네요.

　─만약 매튜 어건 선수가 공을 치지 않았다면 궤적상 볼 판정이 나왔을 것 같은데요.

　─하지만 매튜 어건 선수로서는 참을 수 없었을 겁니다. 구심이 2구째 몸 쪽에 걸친 공을 스트라이크로 잡아줬으니 그보다 더 깊은 공도 스트라이크가 될지도 모른다는 생각을 하지 않을 수 없었을 테니까요.

　─아하, 한정훈 선수는 매튜 어건 선수가 방망이를 휘두를 걸 알고 일부러 스플리터를 던진 것이로군요?

　─네, 이런 식으로 경기가 진행된다면 호주 대표팀 타자들이 한정훈 선수에게 안타를 때려낼 가능성은 없어 보입니다.

　일본 중계진의 냉정한 평가 탓일까.

　한정훈이 마운드에서 버틴 7이닝 동안 호주 타자들은 정말로 단 하나의 안타도 때려내지 못했다.

　사사구도 없었다. 대신 삼진만 14개를 당했다.

　반면 스톰즈 타자들은 초반부터 팀 케이슨을 두드리며 한정훈의 어깨를 가볍게 만들어주었다.

　1회에 3점, 2회에 2점, 3회에 4점.

　팀 케이슨이 네셔널스 불펜의 주축이라는 자존심을 지키

기 위해 발버둥을 쳐 댔지만 스톰즈 타자들의 불방망이를 감당해 내지 못했다.

결국 호주 대표팀 감독은 3회가 끝나기도 전에 팀 케이슨을 강판시킬 수밖에 없었다.

자연스럽게 로이스터 감독도 주전 선수들을 대거 교체했다.

콜드 게임이 없는 아시아 시리즈에서 초청팀인 호주 대표팀을 배려한 선택이었다.

덕분에 경기는 10 대 0으로 끝이 났다.

아시아 시리즈에 첫선을 보인 한정훈은 한국과 일본을 비롯한 각국 언론의 호평을 받으며 첫 승을 따냈다.

반면 한정훈을 박살 낼 것처럼 굴던 팀 케이슨과 매튜 어건은 아시아 시리즈가 낳은 최고의 개그 콤비로 전락해 버렸다.

ㄴ매튜 어건. 4타수 무안타에 삼진만 4개. 역시 메이저리그 클라스.

ㄴ팀 케이슨은 어떻고? 한정훈 개무시하더니 스톰즈 타자들에게 2.2이닝 동안 13피안타 9실점 당한 건 말이냐 막걸리냐?

ㄴ둘 다 메이저 주전도 아니고 백업 수준인데 뭘 기대한 거냐?

ㄴ하아, 진짜 아시아 시리즈 재미없다. 빨리 한정훈 한미 올스타 갔으면 좋겠다.

자국에서까지 쏟아지는 조롱을 참지 못하고 팀 케이슨은 다음 날 훈련 일정을 핑계로 호주로 돌아가 버렸다.

호주 대표팀 전력상 팀 케이슨이 더 이상 선발 등판할 기회는 없었기 때문에 호주 대표팀 감독도 팀 케이슨의 일탈 행동을 눈감아주었다.

그러나 매튜 어건은 명예 회복을 노리며 요미다전과 투이 라이온스전에 선발 출전을 강행했다.

하지만 애석하게도 결과는 더 나빠졌다.

투이전 4타수 무안타 1사사구 삼진 2개
요미다전 4타수 1안타 삼진 1개

요미다전 마지막 타석에서 행운의 내야 안타를 때려내며 매튜 어건은 지긋지긋했던 무안타 행진을 마무리 지을 수 있었다.

하지만 고작 그 정도로 실추된 자존심이 세워질 리 없었다.

게다가 앞선 두 경기에서 부진했던 게 너무 컸다.

시리즈 최종 성적은 12타수 1안타.

타율 8푼 3리, 출루율 1할 5푼 4리.

다저스의 백업 외야수로 활약하며 2할 8푼 5리의 정교한 타격을 선보였던 타자가 맞나 싶을 정도의 처참한 결과였다.

메이저리거의 합류를 자랑스러워하던 호주 언론에서조차 매튜 어건을 호주 대표팀 전패 탈락의 원흉으로 단정 지어버렸다.

한술 더 떠 다저스 구단은 매튜 어건은 주전이 아니라 주전 경쟁 중인 수많은 타자 중 한 명일 뿐이라며 냉정히 선을 그었다.

믿었던 팀 케이슨과 매튜 어건의 침묵 속에 호주 대표팀은 3전 전패를 기록하며 쓸쓸히 귀국행 비행기에 올라야 했다.

반면 2승을 따낸 스톰즈는 하루를 쉰 뒤에 투이 라이온스마저 11 대 2로 제압하며 3승으로 A그룹 1위에 올랐다.

2위는 2승 1패를 거둔 요미다가 차지했다.

B 그룹에서는 재팬햄(3승)과 와이번스(2승 1패)가 나란히 1, 2위로 결선 라운드에 진출했다.

다크호스라 불리던 라미오 몽키즈는 만만찮은 타력으로 재팬햄과 와이번스를 괴롭혔지만 마운드의 높이 차이를 감당하지 못하고 1승 2패로 탈락하고 말았다.

그렇게 나흘간의 아시아 시리즈 예선이 모두 끝이 났다.

A그룹 경기 결과(도쿄 돔)

2일 (1승)스톰즈 4 : 3 요미다(1패)

3일 (2승)스톰즈 10 : 0 호주 대표팀(1패)

3일 (1승 1패)요미다 9 : 1 투이(1패)

4일 (2패)호주 대표팀 1 : 6 투이(1승 1패)

5일 (2승 1패)요미다 11 : 0 호주 대표팀(3패)

5일 (1승 2패)투이 2 : 11 스톰즈(3승)

B그룹 경기 결과(코시엔 구장)

2일 (1승)와이번스 4 : 3 라미오(1패)

2일 (1승)재팬햄 7 : 0 중국 대표팀(1패)

3일 (1승 1패)와이번스 2 : 3 재팬햄(2승)

4일 (2패)중국 대표팀 0 : 5 와이번스(2승 1패)

4일 (2패)라미오 3 : 5 제팬햄(3승)

5일 (3패)중국 대표팀 2 : 7 라미오(1승 2패)

결선 라운드 일정

-준결승(7일 도쿄 돔)

1경기 스톰즈(A1) vs 와이번스(B2)

2경기 요미다(A2) vs 재팬햄(B1)

-3, 4위전(8일/도쿄 돔)

1경기 패배팀 vs 2경기 패배팀

-결승전(8일/도쿄 돔)

1경기 승리팀 vs 2경기 승리팀

47장
한정훈이 필요해(2)

예선 라운드가 끝난 뒤 다시 하루 간의 휴식이 주어졌다.

그리고 곧바로 준결승전이 시작됐다.

스톰즈의 준결승 상대는 한국 시리즈 맞상대였던 와이번스였다.

한국 시리즈 우승을 위해 9번이나 싸운 것으로도 모자라 아시아 시리즈 결승을 놓고 또다시 맞붙게 된 것이다.

"스톰즈의 투수가 누구든 신경 쓰지 않습니다. 저희 팀은 다니엘 노스가 선발입니다."

박경원 감독은 일찌감치 준결승전 선발을 발표했다.

에이스 다니엘 노스.

라미오 몽키즈와의 1차전에 선발 등판한 이후 나흘을 푹

쉰 만큼 체력이나 컨디션은 아무 문제가 없었다.

이에 맞서 로이스터 감독은 마크 레이토스를 선발로 낙점했다.

일각에서는 한정훈으로 맞불을 놓아야 한다는 의견이 없지 않았지만 사흘을 쉰 한정훈을 무리시키기보다는 스톰즈에서의 야구 생활을 화려하게 마무리 짓고 싶어 하는 마크 레이토스에게 기회를 주는 게 낫다고 판단했다.

다행히 마크 레이토스는 로이스터 감독의 기대에 부응하는 피칭을 펼쳤다.

8이닝 5피안타 2사사구 2실점.

6회 조이 갈로우에게 불의의 투런 홈런을 허용하긴 했지만 무려 8회까지 버티며 스톰즈 소속으로 펼치는 마지막 경기를 깔끔하게 끝마쳤다.

반면 다니엘 노스는 예상외로 부진한 모습을 보였다.

5이닝 7피안타 3실점.

갑작스럽게 추워진 날씨에 적응하지 못하고 제구가 흔들리면서 최소 7이닝은 버텨줄 거란 박경원 감독의 기대를 완전히 저버렸다.

그나마 6회부터 마운드를 물려받은 김강현이 4이닝을 완벽하게 막아내며 추가 점수를 내주지는 않았다.

하지만 와이번스 타자들 역시 빈공으로 침묵하며 경기는 3 대 2, 스톰즈의 한 점 차 승리로 끝이 났다.

이어진 요미다와 재팬햄의 경기는 14회 연장 접전 끝에 요미다가 승리를 차지했다.

재팬햄이 에이스로 발돋움한 쇼타를 내세우며 초반에 강수를 뒀지만 요미다도 2선발과 3선발을 연이어 등판시키며 승부를 연장으로 끌고 간 것이 주효했다.

9회까지 마운드를 책임지며 요미다 강타선을 무실점으로 틀어막은 쇼타가 경기 MVP에 뽑혔다.

그러나 쇼타는 인터뷰 내내 아쉬운 표정을 감추지 못했다.

"소원하던 한정훈 선수와 맞대결이 어려워졌는데 아쉽지 않으세요?"

미녀 리포터가 가장 먼저 한정훈의 이야기를 꺼냈다.

재팬햄이 패배한 상황에서 이슈가 될 만한 건 한정훈과 쇼타의 라이벌 관계뿐이라고 판단한 것이다.

그러자 쇼타가 특유의 무뚝뚝한 얼굴로 대답했다.

"아쉽습니다."

"오늘 경기에 등판하면서 한정훈 선수와의 실질적인 맞대결은 불가능했는데요."

"그래도 재팬햄이 결승에 올라 스톰즈와 붙길 원했습니다."

"오늘 패배를 한 이유가 뭐라고 생각하세요?"

"제가 부족한 탓이라고 생각합니다."

"네? 오늘 쇼타 선수는 8이닝 동안 최고의 피칭을 선보였는데요?"

리포터가 의아한 표정을 지었다.

오늘 쇼타의 피칭은 완벽에 가까웠다.

8이닝 동안 피안타 3개만 허용하고 무실점으로 요미다 강타선을 틀어막았다.

중심 타자와익 풀카운트 승부가 많아 투구 수가 120구를 넘기긴 했지만 그 정도로 흠을 잡긴 어려웠다.

오히려 중계진은 중심 타자를 상대로 신중한 피칭을 할 만큼 노련해졌다며 쇼타의 피칭을 칭찬했다.

하지만 쇼타는 에이스로서 스스로의 피칭이 마음에 들지 않았다.

"최고는 아니었습니다. 그리고 제가 투구 수 관리를 잘했다면 9회, 아니, 연장전까지도 버틸 수 있었다고 생각합니다."

쇼타가 생각하는 베스트 피칭은 한정훈의 피칭이었다.

9회를 100구 이내로 마치는 공격적이고 깔끔한 피칭은 리그가 달라도 동경의 대상일 수밖에 없었다.

그러나 그 사실을 알지 못하는 리포터는 쇼타가 패배에 대한 자책을 심하게 하고 있다고 여겼다.

"그렇군요. 그럼 마지막으로 결승전을 전망해 주시겠어요?"

"두 팀 모두 좋은 승부를 펼쳐 줄 것이라 생각합니다."

"그럼 스기노 토모유키 선수와 한정훈 선수 중에 누가 더 좋은 피칭을 보여줄 거라 생각하나요?"

리포터가 직접적으로 물었다.

한정훈과 스기노 토모유키.

한일 양국을 대표하는 최고의 우완 투수 간의 맞대결에 일본 야구계의 관심이 지대한 상황이었다.

"스기노 토모유키 선수는 제가 올 시즌 상대했던 투수들 중 가장 강한 투수였습니다. 공도 빠르고 구종도 다양합니다. 스톰즈 타자들이 쉽게 공략하기 어려울 것이라고 생각합니다."

잠시 망설이던 쇼타가 먼저 스기노 토모유키를 칭찬했다.

실제 올 시즌 교류전 맞대결에서 쇼타는 스기노 토모유키에게 판정패를 당했다.

쇼타가 7이닝 2실점을 하고 내려간 사이 스기노 토모유키는 9이닝 1실점 완투로 팀을 승리로 이끌었다.

교류전 일정상 또다시 맞대결 기회가 생기지는 않았지만 쇼타는 스기노 토모유키가 자신보다 앞서가는 투수라고 인정했다.

"역시 쇼타 선수도 스기노 토모유키 선수의 승리를 예상하는 거죠?"

원하는 대답이 나오자 리포터가 환한 미소를 지으며 좋아했다.

하지만 쇼타의 말은 아직 끝난 게 아니었다.

"스기노 토모유키 선수는 분명 좋은 선수입니다. 하지만 한정훈 선수는 제가 지금껏 상대했던 선수 중에 가장 강한 투수입니다. 그리고 한정훈 선수의 피칭은 작년보다 더 무서워졌습니다."

쇼타가 다소 굳어진 목소리로 말을 이었다.

한정훈의 피칭에 대해 언급하는 것만으로도 긴장이 되는 모양이었다.

"조, 좋은 말씀 감사합니다. 그리고 MVP 다시 한 번 축하해요."

쇼타의 입에서 한정훈이 낫다는 이야기가 나올까 봐 리포터가 냉큼 인터뷰를 끊었다.

하지만 쇼타의 인터뷰를 지켜본 이들은 듣지 않아도 대답을 알 수 있었다.

"결국 한정훈이 낫다는 거네."

"쇼타, 저 자식. 누가 교포 아니랄까 봐 건방지기는!"

"웃기는 소리 마! 내일 스기노가 한정훈을 짓밟아줄 테니까!"

대다수의 일본인은 분노를 감추지 못했다.

올 시즌 20승으로 최고의 한 해를 보낸 스기노 토모유키는 다나카 마스히로에 이어 메이저리그 우완 에이스 계보를 이어줄 것이라는 기대를 한 몸에 받고 있었다.

그런 스기노 토모유키가 한정훈보다 못할 것이라고 생각하는 사람은 거의 없다시피 했다.

하지만 일본 야구 전문가들은 쇼타의 의견에 어느 정도 동조하는 분위기였다.

"한정훈 선수의 피칭은 작년보다 확실히 좋아졌습니다. 특히 새로 장착한 스플리터성 패스트볼의 위력이 어마어마합니다."

"구로다 히로 선수에게 포크 볼의 비법을 물어봤다는 소리를 들었을 때만 하더라도 포크 볼을 장착하는 줄 알았는데 전혀 엉뚱한 구종을 들고 나왔죠."

"솔직히 낙폭을 보면 타자들이 속을까 싶을 정도의 공입니다만 궤적이 좋습니다. 패스트볼과 거의 비슷하게 날아들다가 마지막 순간에 살짝 가라앉는 공은 스기노 토모유키 선수의 원심 패스트볼을 연상시킬 정도입니다."

"스기노 토모유키 선수의 원심과는 다소 차이가 있죠. 원심은 좌타자 바깥쪽으로 흐르듯 휘어져 나가며 떨어지는 마구성 구질인 반면 한정훈 선수의 스플리터는 불량품 같은 느낌이니까요."

"어쨌든 160㎞/h의 포심 패스트볼을 앞세워 왼쪽으로 휘어지는 커터와 오른쪽으로 휘어 나가는 투심 패스트볼, 거기에 아래로 가라앉는 스플리터성 패스트볼까지 네 종류의 패스트볼을 구사하는 한정훈의 구위는 스기노 토모유키 선수에 견줄 만하다고 봅니다."

"하지만 단기전의 특성을 놓고 봤을 때 스기노 토모유키 선수의 공을 공략하기가 더 어려울 것 같습니다. 스기노 토모유키 선수도 투심 패스트볼과 포심 패스트볼, 원심 패스트볼에 커터까지 네 종류의 패스트볼을 구사합니다. 게다가 슬라이더, 커브, 포크 볼 등 못 던지는 공이 없습니다."

"제 생각도 같습니다. 한정훈 선수가 좋은 투수이긴 합니다만 투수란 결국 타자들을 상대해야 하는 입장입니다. 일본 최고의 파괴력을 자랑하는 요미다 타선을 상대로 한정훈 선수가 호주전에서처럼 호투를 펼치기란 쉽지 않을 것 같습니다."

일본 전문가들은 한정훈이 만만치 않다는 걸 인정하면서도 구종의 다양성과 상대해야 할 타선을 비교하며 스기노 토모유키의 손을 들어주었다.

일본에서 열리는 경기이고 일본 최고 인기 구단인 요미다의 에이스라는 점을 감안했을 때 당연한 결론이겠지만 적어도 작년처럼 한정훈의 실력을 무조건 폄하하고 보는 우를 범하지는 않았다.

그만큼 올 시즌 한정훈이 보여준 퍼포먼스는 어마어마했다.

리그가 다르다고 잘라 말하던 일본에서조차 한정훈의 실력과 잠재력을 재평가하기 시작할 정도였다.

[한정훈 vs 스기노 토모유키! 아시아 최고 우완을 가린다!]

[스기노 토모유키! 원심으로 스톰즈를 제압하라!]

[스기노 토모유키! 아시아 시리즈 우승하고 메이저리그 정복 선언!]

일본 언론도 경기 직전까지 기사들을 쏟아내며 결승전 분위기를 끌어올렸다.

다소 신중해진 전문가들처럼 중립적인 기사들이 눈에 띄었지만 그래도 대부분의 언론은 스기노 토모유키가 한정훈을 상대로 압승을 거둘 것이라 전망했다.

올 시즌 화려하게 부활하며 요미다를 정상에 올려놓은 스기노 토모유키의 상승세가 아시아 시리즈까지 이어질 것이라고 본 것이다.

덕분에 경기 시작 전부터 도쿄 돔은 관중들로 인산인해를 이루었다.

최대 수용 인원 5만 5천 명을 넘어 6만여 명의 관중이 들어선 탓에 통로조차 보이지 않을 정도였다.

"후우, 이 많은 팬이 나를 보기 위해 왔단 말이지."

관중석을 쓱 훑어보던 스기노 토모유키가 감격스러운 표정을 지었다.

그렇지 않아도 재팬 시리즈 때 다소 부진한 피칭을 펼친 게 마음에 걸리던 차였다.

그래서 메이저리그로 떠나기 전 팬들을 위해 최고의 피칭을 선물해 주고 싶었는데 이렇게 자리가 만들어지니 꼭 하늘이 자신을 돕는 것만 같았다.

그렇게 경기장을 한 바퀴 돈 스기노 토모유키의 시선이 자연스럽게 한정훈에게 향했다.

"저 녀석이 한정훈인가?"

스기노 토모유키가 슬쩍 입가를 비틀어 올렸다.

작년과 올해 어마어마한 성적을 거두며 한국 리그를 씹어먹었다는 평가를 받는 스톰즈의 에이스.

덕분에 벌써부터 메이저리그의 러브콜을 받는 주인공.

같은 투수로서 질투가 나지 않는다면 거짓말일 것이다.

하지만 스기노 토모유키는 애써 마음을 가라앉혔다.

자고로 투수란 공으로 말하는 법이다. 자신의 공을 본다면 한정훈도 분명 긴장하게 될 거라고 확신했다.

아시아 시리즈 결승전답게 식전 행사는 쓸데없이 길었다. 그러나 그 열기만큼은 조금도 식지 않았다.

1번 타자 공형빈.

전광판을 통해 공형빈의 이름이 떠오르자 일본 팬들은 기다렸다는 듯이 함성을 내질렀다.

"스기노! 부탁한다!"

"삼진 잡아버려!"

스톰즈가 한국 팀이라서인지 다소 거친 욕지거리도 터져 나왔다.

그때마다 요미다 관계자들은 움찔움찔 놀라며 스톰즈 더그아웃의 눈치를 살펴야 했다.

하지만 정작 스톰즈 선수들은 대수롭지 않은 표정이었다.

"저 녀석들, 설마 저걸 욕이라고 하는 걸까?"

"저렇게 떠들어선 들리지도 않을 텐데. 애쓴다, 애써."

나날이 뜨거워지고 격렬해지는 한국의 야구 응원 스타일에 비해 일본의 응원 스타일은 왠지 모르게 소심한 느낌이었다.

오히려 3루 쪽에 자리 잡은 500여 명의 한국 응원단의 목소리가 훨씬 크고 강렬하게 느껴질 정도였다.

"형빈아! 때려라!"

"형빈아! 때려라!"

일치단결해 한목소리로 외치는 한국 응원단의 함성에 공형빈이 피식 웃음을 흘렸다.

반면 스기노 토모유키의 표정은 밝지 못했다.

주기적으로 귓가를 찔러 들어오는 한국 응원단의 응원 소리가 신경을 거스른 것이다.

'정말 시끄럽게도 응원하네.'

길게 한숨을 내쉬며 스기노 토모유키가 마지못해 투수판

을 밟았다.

그러자 포수 코바야시 세지로가 바깥쪽으로 빠지는 원심을 요구했다.

'선배, 초반부터 기선 제압을 확실하게 하고 가죠.'

말을 하지 않았지만 사인을 통해 코바야시 세지로의 속마음이 전해졌다.

'좋아.'

스기노 토모유키는 가볍게 고개를 끄덕거렸다.

그리고 실밥을 경계로 검지와 중지를 붙여 원심 패스트볼의 그립을 잡았다.

'온다!'

공형빈도 방망이를 단단히 움켜잡았다.

그 순간.

후아앗!

스기노 토모유키의 공이 쏜살같이 날아들었다.

'바깥쪽!'

공형빈은 단숨에 코스를 파악했다. 그리고 구종도 어렴풋이 알아챘다.

전략 분석팀의 정보에 따르면 스기노 토모유키가 좌타자를 상대로 던진 바깥쪽 패스트볼의 70퍼센트가 원심 패스트볼이라고 했다.

원심 패스트볼로 볼카운트를 유리하게 끌고 간 뒤에 다양한 구종으로 구석구석을 찔러 타자를 요리하는 피칭을 즐긴다는 것이었다.

'흘러나가기 전에 맞춘다!'

공형빈은 팔을 최대한 길게 뻗어 방망이를 휘돌렸다.

그러자 바깥쪽으로 도망치려는 공이 방망이 중심부에 정확하게 걸려들었다.

따악!

살짝 먹힌 듯한 타구가 3루 선상을 타고 빠르게 굴렀다.

3루수가 선상 수비를 했다면 몸을 날려 잡아낼 수 있는 코스였다.

그러나 3루수 브랜든 레드는 멍하니 타구를 지켜볼 수밖에 없었다.

발 빠른 공형빈에 대비해 수비 위치를 깊숙이 잡으면서 3루 선상을 완전히 비워 버렸기 때문이다.

덕분에 공형빈은 아무런 제지도 없이 2루까지 내달릴 수 있었다.

―안타! 안타입니다!

―공형빈 선수, 초구를 정교하게 밀어 때렸죠?

―올 시즌에도 저렇게 3루 선상을 노리고 밀어 친 안타가

상당한데요. 아시아 시리즈에서도 보게 됩니다.

-스기노 토모유키 선수가 초구부터 원심을 던진 것 같은데 공형빈 선수가 정확하게 노리고 있었습니다. 보시면 아시겠지만 평소와 타격 궤적이 다르거든요. 이건 원심이 들어온다고 알고 때린 게 확실합니다.

2019년 일본 최고의 투수라는 스기노 토모유키의 초구를 때려 공형빈이 2루타를 만들어내자 한국 중계진이 들썩거렸다.

반면 일본 중계진은 태연함을 유지하려 애를 썼다.

-먹힌 타구였는데 코스가 좋았네요.

-네. 스기노 토모유키 선수, 초구에 던진 원심 패스트볼이 살짝 몰린 느낌이죠?

-확실히 보니 그렇습니다. 제대로 제구가 됐다면 저렇게 쉽게 공략이 되지는 않았을 텐데요.

-스기노 토모유키 선수, 메이저리그에서 좋은 성적을 거두려면 저런 안이함부터 고칠 필요가 있을 것 같습니다.

"젠장할."

스기노 토모유키도 자책하듯 제 가슴을 손바닥으로 두드렸다.

실투까지는 아니었지만 일본 타자들을 상대했을 때처럼 제구에 신경 쓰지 못한 건 사실이었다.

그사이 2번 타자 에릭 나 선수가 타석에 들어왔다.

−에릭 나 선수, 재미난 이력을 가지고 있는 선수죠?

−네, 미국 대학에서 야구를 했던 선수입니다. 학업에 집중하느라 야구를 포기했었다가 미련을 버리지 못하고 스톰즈의 트라이아웃에 참가했다고 합니다.

−트라이아웃에 참가하지 않았다면 큰일 날 뻔했겠네요.

−솔직히 실력적인 면은 아직 부족한 게 사실입니다. 오랫동안 야구를 해온 선수들보다 기본기도 떨어지는 편이고요. 하지만 매사에 성실하고 정말 열심히 노력한다고 합니다. 게다가 야구 지능도 뛰어난 편이고요.

−야구 지능이 좋아서 작전 수행 능력도 뛰어난 걸까요? 전 구단 2번 타자 가운데 작전 수행률이 가장 좋은데요.

−그래서 스톰즈 코칭스태프도 에릭 나 선수에게는 작전을 내기가 편하다고 합니다.

−그렇군요. 무사 2루. 발 빠른 공형빈 선수가 주자로 나간 상황에서 스톰즈 더그아웃이 어떤 작전을 낼지 지켜보겠습니다.

잠시 3루 코치 쪽을 바라보던 에릭 나가 방망이를 짧게 받쳐 들었다.

번트.

그러나 푸시 번트나 페이크 번트 앤드 슬러시에 능한 에릭 나이다 보니 중계진도 번트라고 확신하지 못했다.

하지만 요미다 배터리는 당연히 번트를 댈 것이라고 여겼다.

설마하니 스톰즈 벤치에서 스기노 토모유키를 상대로 다득점을 노릴 것이라고는 생각지도 않았다.

그래서 코바야시 세지로 포수는 몸 쪽에 바짝 붙는 패스트볼을 요구했다.

구속과 구위로 타자를 윽박질러 타구를 1루 쪽 땅볼이나 플라이로 만들 생각이었다.

사인을 확인한 스기노 토모유키는 있는 힘껏 패스트볼을 내던졌다.

그런데.

"……!"

번트 자세를 취하고 있던 에릭 나가 갑작스럽게 자세를 바꾸더니 번개처럼 방망이를 휘돌렸다.

따악!

요란한 타격음과 함께 튕겨져 나간 타구가 순식간에 1, 2루를 꿰뚫었다.

2루수 호세 페라이가 몸을 날렸지만 타구는 진즉 내야를 벗어나 버렸다.

그사이 3루를 돈 공형빈은 홈을 향해 내달렸다.

그리고 송구가 포수에게 도착하기도 전에 한 발 먼저 손을 뻗어 홈 플레이트를 쓸어냈다.

–세잎! 세이이잎! 공형빈 선수, 홈에서 세이프입니다!

–에릭 나 선수 대단하네요. 몸 쪽에 바짝 붙는 공인데 눈 하나 까딱하지 않고 적시타를 때려냈습니다.

한국 중계석에서 또다시 환호가 터져 나왔다.

반면 일본 중계석은 한탄이 가득했다.

–스기노 토모유키 선수도 조금 서둘렀다는 느낌이 듭니다.

–옳은 지적입니다. 보통은 작전을 파악하기 위해 공 하나 정도는 바깥쪽으로 빼며 상황을 살폈을 텐데요. 무사 주자 2 루인 상황에서 너무 정직하게 승부한 느낌입니다.

–이건 전적으로 포수의 미스 같은데요.

–코바야시 세지로 선수, 아베 신노즈케 선수만큼 성장해 주길 기대하는 건 무리일까요.

–어쨌든 스기노 토모유키 선수는 불운하게 한 점을 내주고 말았습니다.

엇갈린 양국 중계석의 분위기만큼이나 팬들의 표정도 갈렸다.

"에릭 나!"

"에릭 나!"

500여 명의 한국 응원단은 에릭 나의 이름을 한목소리로 연호했다.

반면 나머지 일본 팬들은 초구에 연속 안타를 허용한 스기노 토모유키에게 실망감을 감추지 못했다.

"뭐야, 저 자식. 이제 메이저리그에 간다 이거야?"

"2루타를 맞을 때부터 알아봤어야 했어! 이건 누가 봐도 태업이잖아. 안 그래?"

일본 팬들은 스기노 토모유키가 고의적으로 안타를 허용한 것이라 여겼다.

설마하니 한국 타자들이 일본 최고의 투수인 스기노 토모유키를 두드려 안타를 빼앗아 냈다고는 조금도 생각하지 않았다.

"스기노! 똑바로 해!"

"이게 그동안 널 응원한 팬들에 대한 예의냐!"

일부 팬들이 참지 못하고 욕지거리를 내뱉었다.

그 소리가 얼이 빠져 있었던 스기노 토모유키의 정신을 번쩍 들게 만들었다.

'젠장할!'

스기노 토모유키가 입술을 질근 깨물었다.

그토록 고대해 왔던 경기를 이런 식으로 망쳐 버리다니.

스스로 화가 나 견딜 수가 없었다.

스기노 토모유키에게 요미다는 특별한 팀이었다.

그가 당초 대학을 졸업하고 지명을 받은 곳은 재팬햄.

지명권 추천에서 우선순위를 획득한 재팬햄은 오래전부터 요미다에 뜻을 두고 있던 스기노 토모유키에게 지명권을 행사했다.

지명을 받은 이상 스기노 토모유키도 어쩔 수 없을 것이라는 판단을 한 것이다.

그러나 스기노 토모유키는 재팬햄의 지명권을 거부하며 대학 유급을 선택했다.

그리고 1년간 홀로 훈련을 하며 기다린 끝에 2013년부터 요미다의 선수로 뛸 수 있게 됐다.

입단 첫해 13승, 이듬해 12승, 그다음 해 11승.

3년 연속 10승을 기록하며 요미다의 에이스로 발돋움하던 스기노 토모유키는 2016년 이후 정체된 모습을 보였다.

팀 타선의 약화와 에이스의 부담감에 발목을 잡힌 것이다.

2016년 10승.

2017년 9승.

그리고 2018년 8승.

매년 2점대 초반의 준수한 평균 자책점을 기록하면서도

승리를 챙기지 못하는 현실에 요미다 팬들은 팀이 스기노 토모유키를 돕지 못한다며 안타까워했다.

그러나 스기노 토모유키는 팀을 원망하지 않았다.

언제고 요미다 타선이 과거의 영광을 재현해 줄 것이라 굳게 믿었다.

그런 스기노 토모유키의 믿음은 2019년에 이루어졌다.

구단의 과감한 투자로 타선이 몰라볼 정도로 강화가 되면서 스기노 토모유키도 생애 첫 20승 투수의 반열에 오르게 된 것이다.

그렇게 대학 졸업 후 요미다에서만 7년을 뛴 스기노 토모유키는 당당히 FA 자격을 취득했다.

하지만 요미다 팬들은 스기노 토모유키를 붙잡지 않았다.

그의 오랜 꿈인 메이저리그 진출을 위해 구단에서도 결단을 내려야 한다며 목소리를 높였다.

요미다 구단도 힘들 때 에이스의 역할을 성실히 수행해 준 스기노 토모유키의 해외 진출을 허락했다.

여차하면 FA를 통해 타 팀으로 이적할지도 모르는 상황이라 허락할 수밖에 없는 입장이었지만 스기노 토모유키는 이 모든 게 자신을 한결같이 응원해 준 팬들의 덕이라고 여겼다.

그런데 그런 팬들이 실망스러운 눈으로 자신을 바라보고 있었다.

아니, 형편없는 투구로 그렇게 만들고 말았다.

'정신 차리자!'

스기노 토모유키는 주먹으로 제 가슴을 힘껏 후려쳤다.

그러고는 독해진 눈으로 포수 코바야시 세지로를 바라봤다.

3번 타자 루데스 마르티네즈를 맞아 코바야시 세지로는 바깥쪽으로 꺾여 들어가는 슬라이더를 요구했다.

패스트볼이 연달아 공략당한 만큼 숨을 고를 필요가 있다고 판단한 것이다.

그러나 스기노 토모유키는 고개를 내저었다.

두 번째로 들어온 커브 사인도 마찬가지.

코바야시 세지로가 어쩔 수 없이 패스트볼 사인을 낼 때까지 계속해서 고개를 흔들어 댔다.

'승부한다.'

글러브 안에서 원심 패스트볼 그립을 꼭 움켜쥔 뒤 스기노 토모유키가 매섭게 루데스 마르티네즈를 노려봤다.

그러자 루데스 마르티네즈가 슬쩍 입가를 비틀어 올렸다.

공형빈과 에릭 나의 안타를 지켜보며 충분히 공략할 수 있다는 자신감에 차오른 것이다.

한정훈이라는 괴물 같은 투수의 투구를 가까이서 지켜봐 온 루데스 마르티네즈에게 스기노 토모유키의 피칭이 인상적으로 느껴질 리 없었다.

마구와 다름없다는 원심 패스트볼도 마찬가지였다.

저 정도 궤적이면 두 타석 안에 충분히 눈에 익을 것 같았다.

'어디 그 원심인지 뭔지 던져 보라고.'

루데스 마르티네즈가 방망이를 추켜세웠다.

그 순간.

후아앗!

스기노 토모유키가 내던진 공이 쏜살같이 날아들었다.

'바깥쪽! 그렇다면……!'

루데스 마르티네즈는 눈을 번뜩였다.

점점 눈에서 멀어지는 공의 궤적이 왠지 공형빈에게 던졌던 초구와 닮았다는 느낌을 받은 것이다.

'걸렸다!'

루데스 마르티네즈가 망설이지 않고 방망이를 휘돌렸다.

팔을 쭉 뻗어 원심 패스트볼을 공략한 공형빈과 달리 히팅 포인트를 앞당겨 공이 휘어져 나가기 전에 때려낼 생각이었다.

하지만 일본 리그 최고의 구질로 평가받는 스기노 토모유키의 원심 패스트볼은 그런 식으로 단순하게 공략할 수 있는 공이 아니었다.

후우웅!

새하얀 공을 쪼개듯 날아들었던 방망이가 시원스럽게 허

공을 갈랐다.

그사이 종이 한 장 차이로 방망이를 피한 공이 코바야시 세지로의 미트 속으로 파고들었다.

"뭐야?"

당황한 루데스 마르티네즈가 고개를 돌렸다.

그러자 코바야시 세지로가 슬그머니 글러브를 대각선으로 내렸다.

'이 정도로 휘어져 나갔다고?'

머릿속으로 공의 궤적을 그린 루데스 마르티네즈가 고개를 절레절레 흔들어 댔다.

마지막 순간에 이 정도로 꺾이는 공이라면 장타를 만들어 내기가 쉽지 않을 것 같았다.

"후우……."

길게 숨을 고르며 루데스 마르티네즈는 홈 플레이트 쪽으로 조금 더 바짝 붙어 섰다.

팔이 긴 탓에 어지간해서는 몸 쪽에 붙어 서는 법이 없었지만 바깥쪽으로 도망치듯 휘어져 나가는 원심 패스트볼에 대처하기 위해서는 어쩔 수가 없었다.

루데스 마르티네즈를 힐끔 바라본 코바야시 세지로가 슬그머니 미트를 몸 쪽에 가져다 붙였다.

구종은 횡으로 휘어져 나가는 슬라이더.

루데스 마르티네즈처럼 바짝 붙어 선 타자를 상대하기에

제격인 공이었다.

스기노 토모유키가 단단히 고개를 끄덕였다.

그리고 눈으로 1루 주자 에릭 나를 묶은 뒤에 빠르게 공을 내던졌다.

타닷!

반사적으로 스킵 동작을 취했던 에릭 나가 냉큼 1루로 몸을 돌렸다.

몸 쪽으로 낮게 깔려 들어간 슬라이더에 루데스 마르티네즈의 방망이가 또다시 허공을 가른 탓이었다.

"크으윽!"

슬라이더가 꺾이는 타이밍을 포착하지 못한 루데스 마르티네즈가 이를 악물었다.

스기노 토모유키 특유의 팔 스윙을 늦추는 듯한 투구 동작 때문에 구종 파악이 쉽지 않은 것이다.

그런 루데스 마르티네즈를 상대로 스기노 토모유키는 바깥쪽 높은 코스의 하이 패스트볼을 던져 헛스윙 3구 삼진을 유도해 냈다.

전광판에 156㎞/h가 찍힌 광속구에 루데스 마르티네즈도 반사적으로 방망이를 내밀 수밖에 없었다.

-아아, 루데스 마르티네즈 선수. 헛스윙 삼진으로 물러납니다.

—저건 참았어야죠. 마르티네즈 선수, 중심 타자가 저런 공에 속으면 안 됩니다.

루데스 마르티네즈가 고개를 흔들며 물러나자 한국 중계석에서 탄식이 흘러나왔다.

반면 일본 중계석에서는 이제야 스기노 토모유키답다며 박수가 터져 나왔다.

—저겁니다. 스기노 토모유키 선수, 이제 정신 차렸네요.

—확실히 영리한 투구였습니다. 초구 원심 패스트볼로 타자의 밸런스를 흔들어 놓은 뒤 슬라이더를 몸 쪽에 붙이고 다시 바깥쪽에 포심 패스트볼을 던졌죠. 저렇게 좌우와 고저의 변화를 주면 타자가 정신을 차리기 힘듭니다.

—이렇게 보면 앞선 두 타자를 상대로 조금 방심했다고 봐도 될 것 같은데요?

—방심이죠. 한국의 우승팀을 너무 얕잡아 봤어요. 하지만 이제 괜찮습니다. 이대로라면 더 이상의 점수는 내주지 않을 겁니다.

일본 해설위원의 호언장담을 듣기라도 한 것처럼 스기노 토모유키는 최준과 작 피터슨을 2루 땅볼과 중견수 플라이로 유도하며 이닝을 마쳤다.

투구 수는 11개.

연속 2안타를 맞고 실점한 것치고는 알뜰한 피칭이었다.

-스기노 토모유키! 스톰즈의 클린업 트리오를 깔끔하게
돌려세웁니다.

-중심 타자를 상대로 도망치지 않는 투구가 인상적입니
다. 처음부터 저렇게 던졌어야 했습니다. 그랬다면 쓸데없이
실점하지는 않았을 겁니다.

-그래도 요미다의 타력을 고려했을 때 한 점 정도는 괜찮
지 않을까요?

-뭐 그 정도는 방문팀에 대한 예의로 봐 줄 수도 있을 겁
니다. 한정훈 선수. 우승팀의 에이스에 한국 최고의 투수이
긴 하지만, 글쎄요. 요미다가 한국 리그에 참가했다면 아마
지금만큼의 성적을 거두진 못했을 겁니다.

스기노 토모유키의 호투에 신이 난 일본 해설위원이 습관
처럼 한정훈을 깎아내렸다.

실제로 호주 대표팀을 상대로 보여줬던 한정훈의 공은 그
다지 위력적이지 않았다.

만약 그때와 별반 다름없는 피칭을 한다면 요미다 타자들
의 방망이가 불을 뿜을 가능성이 높았다.

하지만 거의 열흘 만에 실전 투구를 한 호주 대표팀 전의

한정훈과 예열을 마친 오늘의 한정훈은 전혀 다른 투수였다.

1번 타자 타테오 소우치로

장내 아나운서의 호명과 함께 타테오 소우치로가 좌타석에 들어섰다.

요미다라는 최고 인기 팀에서 1번 타순을 맡을 만큼 타테오 소우치로는 정교한 타격이 일품이었다.

"한국의 1번 타자가 안타를 쳤는데 나도 가만있을 수는 없지."

타테오 소우치로가 방망이를 짧게 움켜잡았다.

최고 160㎞/h의 강속구를 던지는 한정훈을 상대로 첫 타석부터 홈런을 때려낼 자신은 없었다.

하지만 공형빈처럼 안타를 만들어내는 거라면 얼마든지 가능했다.

'3루수가 둔해 보이니까 저쪽을 노려야겠어.'

발목이 좋지 않은 최준을 대신해 3루수로 들어온 김주현을 바라보며 타테오 소우치로가 눈을 빛냈다.

김주현은 3루 베이스보다 한참 뒤쪽에 자리를 잡고 있었다.

타자가 밀어 친 타구가 3루 선상을 꿰뚫을 것이라고는 생각지도 않은 것 같았다.

밀어치기에 능한 타테오 소우치로 입장에서는 나쁘지 않

은 일이었다.

어떻게든 공을 맞춰내 3루 쪽으로 타구를 만든 다음, 빠른 발을 이용해 전력으로 내달리면 충분히 살 수 있을 것 같았다.

그런 타테오 소우치로의 노림수도 모른 채 박기완은 초구에 바깥쪽 포심 패스트볼을 요구했다.

한정훈은 가볍게 고개를 끄덕였다. 그리고 박기완의 미트를 향해 힘껏 공을 내던졌다.

후아앗!

한정훈의 손끝을 빠져나간 공이 원하던 바깥쪽으로 날아들자 타테오 소우치로는 속으로 쾌재를 내질렀다.

이제 방망이에 가져다 대기만 하면 끝이었다.

하지만…….

퍼엉!

방망이가 채 홈 플레이트에 도달하기도 전에 한정훈의 공은 포수 미트 속에 빨려 들어가 버렸다.

마치 날아오는 중간에 가속이라도 한 것처럼 말이다.

'뭐, 뭐야?'

타테오 소우치로의 놀란 표정이 중계 카메라에 잡혔다.

그러자 한국 중계진이 기다렸다는 듯이 목소리를 높였다.

-타테오 소우치로 선수, 당황한 모양인데요?

-당황할 수밖에 없죠. 한정훈 선수의 패스트볼이 어디 보통 패스트볼입니까? 전광판 구속은 156㎞/h가 찍혔지만 마지막 순간까지 공이 살아서 들어가잖아요? 아마 모르긴 몰라도 10㎞/h는 더 빠르게 느껴질 겁니다.

　아시아 시리즈 중계를 맡은 이병운 해설위원이 특유의 강한 억양을 섞어가며 한정훈을 극찬했다.

　실제로 한 야구 프로그램에서 타자들을 상대로 한정훈이 던지는 패스트볼의 체감 구속을 조사한 적이 있는데 응답자의 70퍼센트 이상이 최소 10㎞/h 이상 빠르게 느껴진다고 답했다.

　생각보다 빠르게(5㎞/h 이상) 느껴진다는 응답자가 27퍼센트.

　휙 하고 지나간다(15㎞/h 이상)는 응답자가 3퍼센트였다.

　놀랍게도 조사에 응한 타자 중 그 누구도 한정훈의 공이 제 속도로 느껴진다고 답하지 않았다.

　한정훈을 폄하했다가 큰코다친 에릭 테일즈조차 한정훈의 체감 구속이 10㎞/h 이상 빠르다고 답했다.

　그만큼 한정훈의 공은 빨랐다.

　단순히 빠르다는 형용어로 다 설명이 되지 않을 정도였다.

　"후우……."

　한참 만에 정신을 되찾은 타테오 소우치로가 길게 숨을 골랐다.

지금껏 수많은 패스트볼을 봐 왔지만 한정훈의 패스트볼처럼 건드릴 엄두조차 나지 않는 공은 처음이었다.

그렇다고 선두 타자로 나와 스윙 한 번 해보지 못하고 삼진으로 물러날 수도 없는 노릇이었다.

'어떻게든 친다!'

타테오 소우치로가 애써 마음을 다잡았다.

그리고 홈 플레이트 쪽으로 바짝 붙어 섰다.

히팅 포인트조차 잡기 어려운 바깥쪽 공을 건드려 보기라도 하려면 이 방법뿐이었다.

그러자 박기완이 피식 웃으며 몸 쪽으로 미트를 가져다 붙였다.

'컨디션 점검 차 하나 뺄 거야. 너 무서워서 뺀 게 아니라고.'

사인을 확인한 한정훈이 기다렸다는 듯이 공을 내던졌다.

후아앗!

흩어지는 로진 가루를 뚫고 총알처럼 튕겨져 나온 공이 순식간에 타테오 소우치로의 몸 쪽을 파고들었다.

"큭!"

타테오 소우치로의 입에서 짧은 신음이 터져 나왔다.

단순히 스트라이크 판정을 받아서가 아니었다.

157km/h의 강속구가 무릎 앞 10㎝ 지점을 스쳐 지났기 때문이다.

만약 한정훈의 공이 조금만 더 안쪽으로 몰렸다면.

만약 자신이 조금만 더 홈 플레이트 쪽으로 무릎을 들이밀었다면.

'크으으으……'

타테오 소우치로는 뒤늦게 식은땀이 흘렀다.

만약 그랬다면 아마 다시는 방망이를 들고 타석에 서지 못했을 것이다.

"후우, 후우."

한참 동안 숨을 몰아쉰 뒤 타테오 소우치로가 힘겹게 방망이를 들어 올렸다.

하지만 그의 얼굴에서는 공을 치겠다는 의지가 보이지 않았다.

그저 이 악몽 같은 타석에서 빨리 벗어나기만을 바랐다.

그 속마음에 홈 플레이트에서 멀찍이 떨어진 타격 위치를 통해 드러났다.

'쯧쯧. 그렇게 왜 쓸데없이 정훈이를 자극해 가지고는.'

반쯤 넋이 나간 타테오 소우치로를 힐끔 쳐다보던 박기완이 바깥쪽 너클 커브 사인을 냈다.

구사 빈도와는 상관없이 경기 초반에 변화구를 보여줄 필요가 있었는데 지금이 딱 좋은 타이밍인 것 같았다.

후앗!

한정훈이 내던진 공이 천천히 허공을 갈랐다.

그래도 좋을 때는 120㎞/h까지 구속이 나오는 공이지만 타테오 소우치로의 눈에는 일곱 살 난 아들이 캐치볼을 하자며 던진 공처럼 더없이 느리게만 느껴졌다.

그러나 타테오 소우치로는 감히 방망이를 휘두르지 않았다.

아니, 휘두를 수기 없었다.

대처는 둘째 치고 저 공을 건드렸다간 또다시 무시무시한 광속구가 사신의 낫처럼 몸 쪽을 후벼 팔 것 같았다.

'지금은 마음을 추스르는 게 먼저야.'

스스로에게 뻔한 변명을 주절거리며 타테오 소우치로는 타격을 포기했다.

그리고 공은 바깥쪽 스트라이크존을 통과한 뒤 박기완의 미트 속에 내려앉았다.

"스트라이크, 아웃!"

구심이 가볍게 주먹을 들어 올렸다. 그와 동시에 타테오 소우치로가 1루 측 더그아웃 쪽으로 몸을 돌렸다.

그 모습이 꼭 선봉으로 나섰다가 형편없이 패배하고 물러난 장수처럼 보였을까.

─타테오 소우치로! 형편없네요. 형편없어요!

─저런 느린 공을 커트조차 하지 못하다니요! 저건 명백한 직무 유기입니다.

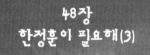

48장
한정훈이 필요해(3)

일본 중계진이 격앙된 반응을 보였다.

하지만 한국 중계진은 충분히 이해가 된다는 반응이었다.

―타테오 소우치로 선수, 식겁했겠죠?

―그럼요. 한정훈 선수니까 2구가 저렇게 완벽하게 제구가 된 거지, 다른 투수였으면 정말 어디 한 군데 부러졌을지 모릅니다.

―타석에 섰을 때 저런 공이 들어오면 기분이 어떨까요?

―글쎄요. 저는 별로 그런 기분을 느끼고 싶지 않은데요.

―하하. 그러지 마시고 경험담을 들려주시죠. 올드 팬들은 한정훈 선수를 가리켜 '선동연의 재림이다'라고도 말하던데

이병운 해설위원의 생각은 어떠신가요?

　–선동연 감독님 이야기가 나와서 하는 말인데 선동연 감독님 공도 빠르고 날카로웠죠. 게다가 공이 낮게 깔려서 들어오니까 칠 엄두가 나지 않았어요. 맞으면 야구 인생 끝나겠구나 싶을 때도 많았고요. 하시만 그 낭시 선동연 감독님은 한정훈 선수처럼 몸 쪽에 꽉 차는 160㎞/h의 포심 패스트볼을 던지지는 않았으니까요. 아마 제가 타테오 소우치로 선수였다면 지리지 않았을까 합니다.

　–지, 지려요?

　–오줌 쌌다고요. 타테오 소우치로 선수. 지금 팬티 갈아입으러 갔을지도 모릅니다.

　이병운 해설위원의 입담이 이어지는 동안 2번 타자 유키 나스히로도 3구 삼진으로 물러났다.

　유키 나스히로는 세계 청소년 야구 선수권 대회에서 한정훈을 맞상대한 경험이 있는 요미다의 유망주였다.

　요미다도 유키 나스히로를 미래의 톱타자 감으로 점찍고 출전 기회를 보장해 주고 있었다.

　하지만 타석에서 유키 나스히로가 보여준 소극적인 태도는 일본 중계진을 또다시 격분하게 만들었다.

　–유키 나스히로! 대체 어딜 보고 있는 겁니까!

-저 선수는 틀렸어요. 한정훈이 빠른 공만 계속 던지는데 전혀 타이밍을 맞추지 못하고 있습니다.

　-아시아 시리즈 결승전 무대에서 저런 형편없는 모습을 보이면 내년 시즌 주전 출장이 어려워질 텐데요.

　-다음 타석 때 어떻게든 만회하겠다는 자세로 덤벼야 합니다. 나이도 비슷한데 패기에서 밀리면 안 되죠.

　-하아, 한정훈 선수의 공이 낯설어서인지 타자들이 좀처럼 적응을 하지 못하고 있습니다.

　-그래도 조시 벨리는 다르겠죠. 특히나 빠른 공에 강점을 보이는 선수니까요. 뭔가 해줄 겁니다.

　일본 중계진의 바람대로 3번 타자 조시 벨리는 초구와 2구를 때려 파울을 만들어냈다.

　방망이 중심에 제대로 걸렸다면 담장을 훌쩍 넘길 정도의 큼지막한 타구에 관중들의 입에서는 장탄식이 끊이질 않았다.

　-조시 벨리, 역시 패스트볼에 강합니다.

　-올 시즌 52개의 홈런을 때려낸 거포죠. 한정훈 선수도 이제 슬슬 긴장해야 할 겁니다. 요미다의 3, 4, 5번은 메이저리그 구단의 3, 4, 5번과 비교해도 결코 뒤떨어지지 않으니까요.

일본 중계진도 호들갑을 떨어댔다.

두 개의 파울 타구로 투 스트라이크에 몰린 상황이었지만 분위기상 조시 벨리가 뭔가를 해줄 것이라고 기대했다.

하지만 정작 타석에 들어선 조시 벨리의 표정은 밝지 않았다.

'저 자식, 구속을 더 끌어올렸어!'

초구 몸 쪽으로 날아든 155㎞/h짜리 패스트볼을 잡아당겼을 때 조시 벨리는 속으로 혀를 내둘렀다.

전광판에 찍힌 구속보다 족히 10㎞/h는 더 빠르게 날아든 공에 스윙이 따라가질 못한 것이다.

조시 벨리는 이를 악물며 2구를 기다렸다.

그리고 한정훈이 2구를 던지기가 무섭게 허리를 움직였다.

그런데도 타구는 3루 쪽 파울 라인 밖으로 완전히 휘어져 나갔다.

전광판에 찍힌 구속은 158㎞/h.

자신이 스윙 스피드를 끌어올릴 줄 알고 구속을 높인 것이다.

'날 힘으로 찍어 누르고 싶은 모양인데. 좋아. 어디 누가 이기나 해보자!'

조시 벨리는 일부러 포수 쪽에 최대한 달라붙어 방망이를 들어 올렸다.

조금이라도 거리를 벌려 한정훈의 패스트볼을 공략해 볼 요량이었다.

그러자 한정훈이 슬쩍 입가를 비틀어 올렸다.

그러고는 조시 벨리의 몸 쪽을 향해 있는 힘껏 공을 내던졌다.

후아앗!

바람 소리와 함께 날아든 공이 순식간에 10미터 앞까지 다가왔다.

"크아악!"

조시 벨리는 있는 힘껏 허리를 돌렸다.

후우웅!

허공을 가르며 나타난 방망이가 앞선 타석보다 조금 더 빨리 허리를 빠져나왔다.

하지만 정작 공은 미처 홈 플레이트 앞에 도착하지 못했다.

'이번엔 걸렸다!'

조시 벨리의 입가를 타고 웃음이 번졌다.

힘에서 밀리며 투 스트라이크를 먹긴 했지만 이 한 방으로 모든 걸 만회할 수 있다는 생각이 든 것이다.

하지만 2구보다 구속이 떨어진 줄로만 여겼던 공은 홈 플레이트를 앞두고 점점 가라앉기 시작했다.

그러더니 홈 플레이트를 스쳐 지나면서 싱킹 패스트볼처럼 잠겨 버렸다.

'스플리터어어어!'

뒤늦게 3구의 구종을 알아챈 조시 벨리가 팔목을 꺾어봤지만 소용없었다.

가뜩이나 포수석 근처까지 물러선 터라 공의 낙폭을 따라잡지 못했다.

퍼억!

조시 벨리를 농락하며 18미터를 비행한 공이 박기완의 미트 속으로 파고들었다.

"스트라이크, 아웃!"

구심이 요란스럽게 삼진을 외쳤다.

그렇게 요미다의 1회 초 공격은 세 타자 연속 3구 삼진으로 끝이 났다.

-한정훈 삼진! 삼진입니다!

-역시 한정훈 선수네요. 조시 벨리 선수, 올 시즌 일본 용병들 가운데 세 손가락 안에 드는 선수인데 한정훈 선수의 스플리터에 꼼짝을 못합니다.

-조금 전 공은 스플리터가 아니라 포크 볼 같은 느낌이었는데요.

-솔직히 그 정도까진 아니지만 시즌 초에 비해 낙폭이 조금 더 커진 건 확실해 보입니다. 박기완 선수가 시즌 초에는 저 공을 무릎 밑에서 잡았거든요. 그런데 지금은 거의 발목

근처까지 내려왔습니다. 내년, 혹은 내후년쯤 되면 블로킹 자세로 포구해야 할지도 모르겠습니다.

-어쨌든 스톰즈, 아니, 대한민국의 에이스 한정훈 선수! 일본 최강팀 요미다의 기세를 단숨에 꺾어버렸습니다.

한국 중계진은 신이 났다.

일본의 에이스라는 스기노 토모유키가 1실점 이후 확 달라진 피칭을 선보여 내심 걱정했는데 바다를 건너와서도 변함없는 한정훈의 압도적인 피칭을 보니 마음이 놓이는 모양이었다.

반면 일본 중계진은 한동안 정적에 빠져들었다.

다른 선수도 아니고 조시 벨리까지 허무하게 삼진을 당할 줄은 예상하지 못한 것이다.

-한정훈 선수, 강하네요.

근 1분여의 침묵을 깨며 캐스터가 힘겹게 입을 열었다.

-확실히…… 좋은 투수입니다. 하지만 아직은 속단하기 어렵습니다.

노무라 해설위원은 마지못해 한정훈을 인정했다.

그러면서도 요미다의 공격은 아직 끝나지 않았다고 덧붙였다.

물론 조시 벨리의 삼진은 상당히 충격적이었다.

조시 벨리는 단순히 장타력에만 의존하는 타자가 아니었다.

올 시즌 52개의 홈런을 때려내는 동안 삼진은 단 75개밖에 당하지 않았다.

반면 사사구는 사구를 포함해 115개나 얻어냈다.

시즌 성적 0.315/0.439/0.631 OPS는 무려 1.070에 달했다.

센트럴리그 타자 중 조시 벨리보다 나은 OPS를 기록한 타자는 없었다.

거기에 출루율은 전체 2위.

20개 이상 홈런을 친 타자 중 삼진 대비 사사구 비율은 1위였다.

유인구는 걸러내고 오직 노리는 공만 때려내는 타격 스타일 덕분에 센트럴리그 투수들이 꼽은 가장 피하고 싶은 타자 1위에 선정됐다.

그런 조시 벨리가 힘 한번 써보지 못하고 3구 삼진으로 물러났으니 일본 해설진들의 말문이 막히는 것도 무리는 아니었다.

하지만 요미다의 중심 타선에는 조시 벨리만 있는 게 아니었다.

45개의 홈런을 때리며 요미다의 새로운 4번 타자로 자리매김한 유키 나스히로.

37개의 홈런과 145타점을 올리며 조시 벨리만큼이나 기피 대상으로 불리는 호세 페라이.

그리고 일본 리그에 완벽하게 적응했다는 평가를 받고 있는 브렌든 레드까지.

아직 남은 산들을 전부 넘어야지만 요미다의 강타선을 상대로 이겼다는 평가를 들을 수 있었다.

'솔직히 스기노라 해도 요미다 중심 타선을 무안타로 막기란 쉽지 않아.'

노무라 해설위원은 한정훈의 컨디션이 아무리 좋아도 유키 나스히로-호세 페라이-브렌든 레드로 이어지는 4, 5, 6번 타자까지 압도하지는 못할 것이라고 여겼다.

특히나 우투수에게 강한 야니기타 유이라면 한정훈을 상대로 요미다의 자존심을 세워줄 것이라 기대했다.

한정훈의 투구에 자극을 받은 건 일본 중계진만이 아니었다.

'질 수 없지!'

스기노 토모유키도 평소보다 구속을 끌어올리며 2회 초 스톰즈 공격을 삼자범퇴로 돌려세웠다.

6번 타자 황철민은 삼진.

7번 타자 김주현은 3루 땅볼.

8번 타자 박기완은 중견수 플라이로 물러났다.

2회까지 투구 수는 총 23개.

'이 정도면 어느 정도 균형은 맞췄어.'

마운드를 내려가는 스기노 토모유키의 입가로 옅은 웃음이 번졌다.

하지만 그 웃음은 2회 말 이어진 한정훈의 피칭과 함께 깨끗이 사라져 버렸다.

한정훈은 선두 타자이자 4번 타자인 야니기타 유이를 상대로 초구에 몸 쪽 스플리터를 던져 1루 땅볼로 유도했다.

포심 패스트볼이라고 직감한 야니기타 유이가 번개처럼 방망이를 휘둘러 봤지만 공은 스위트 스폿이 아니라 방망이의 안쪽에 걸리고 말았다.

뒤이어 타석에 들어선 5번 타자 호세 페라이는 2구째 변종 체인지업을 건드려 1루수 파울 플라이로 물러났다.

초구에 바깥쪽 꽉 차게 들어오는 157㎞/h의 포심 패스트볼에 시선을 빼앗겨 버린 탓에 바깥쪽으로 꺾여 나가는 변종 체인지업에 완전히 타이밍을 빼앗기고 만 것이다.

경기장 분위기가 싸늘해진 가운데 타석에 들어선 6번 타자 브랜든 레드는 3구 삼진으로 물러났다.

전형적인 당겨 치는 스타일인 브랜든 레드를 상대로 박기완이 3구 연속 바깥쪽 승부를 가져간 결과였다.

어지간한 투수의 바깥쪽 패스트볼은 툭툭 건드려 파울로 만들어내는 컨택 능력을 갖췄음에도 브랜든 레드는 3구 연속 헛스윙만 하다가 타석에서 내려왔다.

1회 9구, 2회 6구.

총 15구.

한정훈이 이닝당 평균 투구 수로 여섯 타자를 잡아내자 스기노 토모유키도 약이 바짝 올랐다.

스기노 토모유키는 정규 시즌에 자주 쓰지 않았던 변화구들을 총동원해 스톰즈 타자들을 몰아붙였다.

155km/h를 넘나드는 포심 패스트볼과 150km/h대 커터, 140km/h 후반의 투심 패스트볼과 원심 패스트볼까지.

패스트볼 계열을 대처하기에도 쉽지 않은데 종과 횡으로 꺾이는 두 종류의 슬라이더와 속도가 다른 두 종류의 커브, 체인지업, 포크 볼까지 겹치는 공 하나 없이 매번 새로운 구종이 들어오자 스톰즈 타자들도 좀처럼 감을 잡지 못했다.

반면 한정훈은 패스트볼 구종들을 앞세워 요미다 타자들을 윽박질렀다.

쌀쌀한 날씨 탓에 최고 구속은 158km/h에 그쳤지만 특유의 날카로운 제구를 바탕으로 커터와 투심 패스트볼, 스플리터를 적절히 섞어 던지며 요미다 타자들의 타이밍을 완전히 빼앗아버렸다.

그렇게 2회부터 시작된 0의 행진은 8회까지 이어졌다.

그리고 스톰즈의 정규 이닝 마지막 공격이 시작됐다.

"후우……."

스기노 토모유키는 9회에도 마운드에 올랐다.

본래 7회까지만 투구할 예정이었지만 한 점 차, 박빙의 승부가 이어지는 상황에서 도저히 어깨에 아이싱을 할 수가 없었다.

"토모유키!"

"힘내라!"

팬들도 한 목소리로 스기노 토모유키를 연호했다.

경기 초반, 연속 안타를 맞고 1점을 내줬을 때만 해도 실망감을 감추지 못했던 팬들은 어느새 스기노 토모유키가 선보인 완벽에 가까운 피칭에 푹 빠져 있었다.

8이닝 4피안타 무사사구 11탈삼진.

요미다의 에이스로서 나무랄 데 없는 투구였다.

유일한 옥에 티라면 1회 초 연속 안타로 인한 1실점뿐이었다.

그 실점만 없었더라도 스기노 토모유키는 더욱 빛이 났을 것이다.

하지만 스기노 토모유키는 실점에 미련을 두지 않았다.

스톰즈 타자들을 우습게 알고 덤비다가 호되게 당한 것뿐이었다.

그리고 그 실점 덕분에 전력을 다할 마음이 생겼다.

'승패는 하늘이 정하는 법. 마지막까지 최선을 다하자.'

스기노 토모유키는 승리에 대한 부담감을 내려놓고 마지막까지 자신만의 투구에 집중했다.

덕분에 스톰즈의 2, 3, 4번 타자를 범타로 돌려세우며 이닝을 마칠 수 있었다.

"토모유키! 고생 많았다!"

"메이저리그에 가서도 힘내라! 절대 지지 마!"

마운드에서 내려가는 스기노 토모유키를 향해 팬들이 기립박수를 보냈다.

9회까지 투구 수는 119구.

9회 말에 타자들이 동점을 만들어준다 하더라도 연장전 등판이 쉽지 않은 상황이었다.

아쉽지만 요미다의 유니폼을 입고 마운드에 선 스기노 토모유키의 모습은 더 이상 보기 어려울 것 같았다.

그래서 팬들은 스기노 토모유키에게 승리를 선물해 주고 싶었다.

한정훈에게 눌린 타자들이 스기노 토모유키를 위해 힘을 내주길 바랐다.

하지만 애석하게도 타순이 좋지가 않았다.

8번 타자 코바야시 세지로.

9번 타자 오오타 타시

1번 타자 타테오 소우치로

최소 두 타자 이상 출루하지 않는 한 클린업이 타석에 들어설 기회는 없었다.

일본 중계진도 역전에 대해 회의적인 반응을 보였다.

－코바야시 세지로 선수, 앞선 두 타석에서 전부 삼진을 당했습니다.

－이 시점에서 대타를 기용해야 하는데 마땅한 선수가 없네요. 아시아 시리즈에 아베 신노즈케 선수가 빠졌다는 사실이 무척이나 아쉽습니다.

중계진의 예상대로 코바야시 세지로는 초구를 건드려 2루 땅볼로 물러났다.

덕분에 세 타석 연속 삼진은 피했지만 선두 타자가 허무하게 죽으며 동점의 가능성은 반 토막이 나버렸다.

뒤이어 타석에 들어선 오오타 타시는 삼진으로 물러났다.

어떻게든 공을 맞춰보겠다고 방망이를 휘둘러 댔지만 제대로 된 히팅 포인트조차 만들어내지 못했다.

9회 말 투아웃.

주자 없는 상황에서 1번 타자 타테오 소우치로가 타석에 들어섰다.

"소우치로!"

"제발! 안타 하나만 때려라!"

팬들은 거의 울부짖다시피 했다.

타테오 소우치로와 2번 타자 유키 나스히로가 살아 나간다면 조시 벨리의 타석이 돌아온다.

비록 텍사스성 안타이긴 했지만 조시 벨리는 세 번째 타석 때 팀의 첫 안타를 때려냈다.

그때의 감각이 남아 있다면 득점권에 나간 타테오 소우치로를 홈으로 불러들여 줄 것만 같았다.

하지만 한정훈과 박기완은 승부를 조시 벨리까지 끌고 갈 마음이 없었다.

게다가 타테오 소우치로는 오늘 3타수 무안타로 부진한 상태였다.

첫 타석 이후로 한정훈에게 완전히 위축되어 있는 타자에게 안타를 허용할 수도 없는 노릇이었다.

퍼엉!

한정훈이 내던진 초구가 몸 쪽 꽉 찬 코스로 들어왔다.

전광판 구속은 156㎞/h.

그러나 타테오 소우치로의 눈에는 오타니 쇼헤가 작년에 세운 일본 최고 구속 165㎞/h보다도 더 빠르게 느껴졌다.

덕분에 힘겹게 끌어올렸던 전의가 완전히 사라져 버렸다.

퍼엉!

퍼엉!

한정훈은 바깥쪽에 투심 패스트볼과 포심 패스트볼을 연속으로 던져 심판의 삼진 콜을 이끌어냈다.

9이닝 1피안타 무사사구 무실점.

한국 리그에서 세운 기록이 허수가 아님을 실력으로 입증해 냈다.

특히나 삼진 개수가 눈에 띄었다.

무려 16개.

일본 리그를 통틀어 최고의 탈삼진 능력을 가지고 있다고 평가받는 스기노 토모유키보다도 5개가 많았다.

"이거 누구를 보고해야 하는 거야?"

"그러게 말이야. 스기노 토모유키를 보러 왔다가 정작 한정훈만 보다 가는 기분인데?"

재팬 시리즈 우승 직후 메이저리그 진출을 선언한 스기노 토모유키를 관찰하기 위해 메이저리그 스카우터들이 도쿄 돔에 모여든 상태였다.

하지만 스기노 토모유키의 호투 속에도 스카우터들의 표정은 썩 밝지가 않았다.

올 시즌 활약 전까지 스기노 토모유키는 다저스의 마에다 켄타보다 한 수 아래라는 평가를 받았다.

메이저리그에 진출한다 하더라도 오타니 쇼헤처럼 돈방석에 앉을 가능성은 없다는 의견이 대부분이었다.

하지만 올 시즌 20승을 거두고 일본 무대를 평정하면서 스기노 토모유키를 바라보는 시선들이 달라졌다.

스기노 토모유키에게 관심을 가지는 구단들도 늘어났다.

각 구단의 스카우터들은 아시아 시리즈 결승전을 통해 스기노 토모유키의 진가가 드러나길 바랐다.

아시아 시리즈에서 부진한 투구를 선보일 경우 반등했던 스기노 토모유키의 가치가 떨어질 수 있기 때문이었다.

다행히도 스기노 토모유키는 스카우터들의 눈높이를 충분히 만족시켜 주었다.

"스기노 토모유키의 피칭은 훌륭했어. 스톰즈의 타선이 약한 게 아쉽긴 했지만 이 정도면 메이저리그에서도 통할 만해."

"내 생각도 같아. 1회를 제외하고 연타를 허용하지도 않았고 위기관리 능력도 좋았어. 다양한 구종을 자유자재로 던진다는 것 자체가 마음에 들어."

"9회까지 구속이 크게 떨어지지도 않았으니까 체력적인 문제도 없는 것 같고 에이스로서 사명감 같은 것도 가지고 있는 것 같고."

"이 정도면 최고 3선발까지도 가능한 수준 아닐까?"

스카우터들의 평가는 예상보다 후했다.

1회 초 실점 장면을 지적하는 이들이 없지는 않았지만 대부분이 그 이후의 피칭에 주목했다.

하지만 그뿐이었다.

스카우터들 중 누구도 호들갑을 떨며 스기노 토모유키를 꼭 영입하겠다며 호들갑을 떨지 않았다.

한정훈의 완벽투에 스기노 토모유키의 투구가 빛이 바랜 것이다.

예의상 스기노 토모유키에 대해 떠들어 대던 스카우터들은 한정훈이 경기 MVP 및 투수 부분 MVP로 뽑히자 기다렸다는 듯이 화제를 돌렸다.

"언제나 하는 생각이지만 한정훈의 패스트볼은 예술이야."

"맞아. 로케이션도 좋았지만 무엇보다 커맨드가 환상적이었다고."

"요미다 타자들을 완전히 가지고 놀았어. 타자들이 노리는 공은 거의 던져 주지 않았다고."

"더 놀라운 건 한정훈이 오늘 베스트 컨디션은 아니었다는 거야."

"맞아. 한국 시리즈 때 한정훈은 더 대단했으니까."

"하아, 이러다 진짜 올스타전에서 일내는 거 아닌가 몰라."

스카우터들은 한목소리로 한정훈을 극찬했다.

당장 스기노 토모유키에 대한 보고서를 써야 하는 상황이었지만 한정훈이 보여준 압도적인 피칭의 여운 속에서 쉽게 빠져나오질 못했다.

그것은 한국 중계진도 마찬가지였다.

-한정훈 선수, 정말 자랑스럽습니다.

-네, 후배지만 존경하고 사랑합니다.

-7회에 조시 벨리 선수에게 안타를 맞지만 않았더라도 아시아 시리즈 최초로 퍼펙트게임이나 노히트 노런이 달성됐을 텐데 정말 아쉽습니다.

-아아, 그 이야기는 꺼내지도 마세요. 정말 생각하면 생각할수록 열이 받으니까요.

-하하, 이병운 해설위원 더 열 받으시라고 담당 PD가 리플레이 화면을 띄웠는데요.

-저 양반 정말 마음에 안 드네요. 어쨌든 영상이 나왔으니 하는 말인데 보세요. 방망이 부러졌죠? 타구 완전히 먹혔죠? 보통 이런 타구는 내야 벗어나기 힘듭니다. 그런데 돔구장이라 이게 내야를 넘겼어요. 이거 일반 구장이었으면 100퍼센트 2루수 플라이입니다.

이병운 해설위원은 한정훈의 대기록을 돔구장이 방해한

것이라며 안타까워했다.

실제로 7회 행운의 안타를 때려낸 조시 벨리도 좋아하는 기색을 내비치지 않았다.

팀의 노히트 기록을 깨뜨렸지만 기쁨보다는 있는 힘껏 때린 타구가 내야를 운 좋게 벗어났다는 사실에 충격을 받은 얼굴이었다.

그런 줄도 모르고 주최 측에서는 결승전 베스트 타자로 조시 벨리를 선정했다.

결승타를 때려낸 에릭 나보다 팀을 퍼펙트게임의 위기에서 구한 조시 벨리가 더 뛰어난 활약을 펼쳤다고 판단한 것이다.

-허……! 타자 부분 MVP로 조시 벨리 선수가 뽑혔는데요?

-뭐, 이쯤 되면 막장이네요. 아니, 에릭 나 선수가 있는데 왜 조시 벨리 선수입니까?

-지난 경기 성적까지 전부 합산해서 준다면 이해가 가지만 그건 아직 발표가 나지 않았는데 말이죠.

-저건 뭐 거의 억지라고 봐야죠. 조시 벨리 선수 입장에서도 전혀 달갑지 않을 겁니다.

이병운 해설위원의 예상대로 조시 벨리는 불쾌함을 감추지 못했다.

중심 타자로서 팀의 패배를 막지 못했는데 자신이 상을 받는다는 게 이해가 가지 않는 것이다.

하지만 주최 측은 선정자를 바꾸지 않았다.

일본의 심장 도쿄 돔에서 한국 팀에게 아시아 시리즈를 내준 것만으로도 열이 받는데 타자 부분 MVP까지 안겨주고 싶지는 않은 것이다.

결국 십여 분간의 설득 끝에 조시 벨리가 더그아웃 밖으로 나왔다.

그리고 좋은 상을 줘서 고맙다는 인사말만 남기고 인터뷰존을 떠났다.

"뭐야, 저 녀석!"

"이제 메이저리그로 돌아간다 이거냐!"

조시 벨리의 불성실한 태도에 일본 팬들이 웅성거렸다.

하지만 조시 벨리의 성격을 잘 알고 있는 스카우터들은 충분히 이해한다는 반응이었다.

"주최 측에서 멍청한 짓을 했어. 이런 상황에서 강제로 상을 주다니."

"큼지막한 장타라도 때렸다면 또 몰라도 그런 안타에 타자 MVP라니. 너무 속 보이잖아."

"갑자기 결승전부터 MVP를 투수와 타자로 나눈 게 잘못이지."

"그거 아는 일본 기자한테 들었는데 이게 다 한정훈을 엿 먹이기 위해서 그런 거라던데?"

"그게 무슨 소리야?"

"주최 측은 요미다가 이길 줄 알았나 보지. 그래서 투수는 스기노 토모유키, 타자는 조시 벨리나 야니키타 유이가 상을 받을 거라 예상했나 봐."

주최 측의 바람대로 스기노 토모유키가 스톰즈 타자들을 압도하는 가운데 요미다 중심 타자들이 한정훈을 무너뜨려 준다면 최고의 그림이 나올 수 있었다.

하지만 그 반대의 결과가 나오면서 주최 측도 어쩔 수 없이 조시 벨리에게 MVP를 줄 수밖에 없게 됐다.

문제는 조시 벨리가 자존심이 엄청 강한 타자라는 점이다.

"요미다에서 쉽게 재계약하긴 틀렸네."

"그러게. 조시 벨리가 요미다 생활에 만족하고 있다는 이야기를 들었는데 말야."

스카우터들은 조시 벨리의 일본 야구 생활은 끝이 났다고 단언했다.

일본 리그에서 좋은 활약을 펼치며 메이저리그 유턴이 점쳐지긴 했지만 높은 연봉과 스타플레이어 대우, 팀의 중심 타자로서의 위치 등을 감안했을 때 요미다와의 재계약 가능성도 배제할 수 없는 상황이었다.

하지만 주최 측에서 조시 벨리의 자존심을 제대로 건드리며 돌이킬 수 없는 강을 건넌 모양새였다.

요미다 구단에서 상상 이상의 돈 보따리를 싸들고 찾아오지 않는 한 조시 벨리를 일본에 주저앉히긴 어려울 것 같았다.

"그런데 조시 벨리가 메이저리그에서 성공할까요?"

잠자코 듣고 있던 스카우터 중 하나가 반문하듯 말했다.

한때 파이어리츠 최고의 유망주로 평가받았지만 주전 자리를 꿰차지 못하고 여러 팀을 전전하다 결국 일본 리그까지 밀려온 조시 벨리는 엄밀히 말해 A급 타자는 아니었다.

올 시즌 일본에서 크게 활약했다고 해서 당장 메이저리그 정상급 타자로 발돋움할 가능성은 낮았다.

조시 벨리가 메이저리그행을 원한다 하더라도 그가 원하는 만큼의 계약이 이루어질 가능성은 낮았다.

물론 일본 리그에서의 활약과 경험이 가산점이 되겠지만 보장되지 않은 주전 자리를 노리느니 요미다의 중심 타자로 남을 가능성이 더 높아 보였다.

그 점에 대해서는 메이저리그 스카우터들도 이견이 갈렸다.

성공할 거라는 의견이 30퍼센트.

예전보다는 나을 것이라는 의견이 50퍼센트.

장담하기 어렵다는 의견이 20퍼센트.

전체적으로 긍정적인 대답이 많긴 했지만 확신에 찬 목소리는 없었다.

조시 벨리를 영입하겠다고 나선 구단의 스카우터들의 반응도 마찬가지였다.

'오늘 한정훈한테 너무 밀렸어.'

'한정훈한테 장타 하나만 때려냈다면 좋았을 텐데.'

역시나 이유는 한정훈.

중심 타자로서 한정훈에게 철저하게 틀어 막힌 조시 벨리의 실력에 갑작스럽게 물음표가 달려 버린 것이다.

"하아. 망했군, 망했어."

스카우터들의 반응을 전해 들은 에이전트 마토 시게유키가 무겁게 한숨을 내쉬었다.

아시아 시리즈를 통해 스기노 토모유키와 조시 벨리를 동시에 메이저리그로 보내겠다는 원대한 계획을 그려 놓았었는데 한정훈의 호투에 모든 게 산산조각이 나고 말았다.

결승전 전까지만 해도 스기노 토모유키를 원하는 구단은 많았다.

마에다 켄타로 재미를 본 다저스를 필두로 같은 지구 팀인 자이언츠와 파드리스, 거기에 악의 제국 양키즈와 레드삭스, 레인저스, 타이거즈까지.

하루가 멀다 하고 늘어나는 관심에 스기노 토모유키는 물론이고 마토 시게유키까지 흥분을 감추지 못했다.

예상되는 몸값은 5년 계약에 1억 달러.

만 30살이라는 적잖은 나이 때문에 5년 이상의 장기 계약은 무리였지만 빅 마켓 구단에서 불을 지펴준다면 최대 1억 3천만 달러까지도 바라볼 수 있을 것 같았다.

하지만 오늘 패배로 인해 스기노 토모유키의 몸값은 1억 달러 이하로 내려앉고 말았다.

최악의 경우 시즌 전에 나돌던 7천만 달러 수준까지 감안해야 할지 몰랐다.

조시 벨리의 경우는 더했다.

선수의 요구에 따라 1년 계약으로 200만 달러 정도에 팀을 알아볼 계획이었는데 200만 달러는커녕 100만 달러조차 받아내기 어려울 것 같았다.

이 모든 게 한정훈 때문이었다.

한정훈이 너무 잘 던지는 바람에 오랜만에 잡은 대목의 기회가 저만치 날아가 버렸다.

그렇다고 한정훈의 멱살을 잡고 따질 수도 없는 노릇이었다.

지금이야 한정훈이 베이스 볼 61 소속이지만 언제고 계약이 만료되어 시장에 나왔을 때 자신의 고객이 될지도 모르기 때문이었다.

"그나저나 요미다에서 말을 바꾸는 건 아닌지 모르겠네."

마토 시게유키의 한숨이 깊어졌다.

세간에 알려진 것과는 달리 요미다가 무조건적으로 스기노 토모유키의 메이저리그 진출을 허락한 게 아니었다.

포스팅 최고 비용(2,000만 달러)이 나온다는 전제하에 조건부로 허락한 것이었다.

　마토 시게유키는 요미다의 조건을 순순히 받아들였다.

　올 시즌 활약상만 놓고 봤을 때 2,000만 달러 포스팅은 문제없다고 판단했다.

　하지만 막상 마지막 단추를 잘못 꿰고 보니 왠지 모르게 불안해졌다.

　오늘 경기로 인해 스기노 토모유키를 원했던 빅 마켓 구단들이 떨어져 나간다면?

　그리고 남은 구단들이 몇 달러를 아끼기 위해 눈치 싸움을 벌인다면?

　그 몇 달러 차이로 스기노 토모유키의 메이저리그 진출이 무산될지도 몰랐다.

　그때였다.

　지이잉. 지이잉.

　손에 들고 있던 핸드폰이 요란스럽게 울렸다.

　마토 시게유키가 신경질적으로 핸드폰을 내려다봤다.

　머릿속이 복잡한 상황에서 누군가 쓸데없는 전화를 걸었다면 보란 듯이 화풀이를 할 생각이었다.

　하지만 핸드폰 액정 화면 위로 떠오른 이름은 일본 최고의 에이전트라 불리는 마토 시게유키조차 감히 어쩌지 못하는 거물이었다.

고 마사요시.

다름 아닌 일본 하드뱅크의 회장이었다.

"네, 회장님. 마토입니다."

마토 시게유키가 재빨리 핸드폰을 귀에 가져다 붙였다. 그러자 핸드폰 너머로 묵직한 목소리가 들려왔다.

ㅡ한정훈 선수와 저녁 식사를 하고 싶은데, 자리를 만들어 줄 수 있겠습니까?

"하, 한정훈 선수와요?"

고 마사요시의 갑작스런 요구에 마토 시게유키의 목소리가 흔들렸다.

하지만 그것도 잠시.

"알겠습니다, 회장님. 네. 시간과 장소를 알려주시면 자리를 만들도록 하겠습니다."

마토 시게유키는 언제 그랬냐는 듯 자신만만한 목소리로 대답했다.

ㅡ자세한 건 비서를 통해 전하겠습니다. 그리고 이 고마움, 잊지 않겠습니다.

핸드폰 너머로 만족스러운 목소리가 울렸다. 그와 동시에 마토 시게유키가 주먹을 움켜쥐었다.

"좋았어! 됐어!"

마토 시게유키는 흥분을 감추지 못했다.

그렇지 않아도 더 큰 무대로 뻗어 나가기 위해 든든한 후원자가 필요하던 차였는데 세계적인 기업가이자 일본 야구계에 상당한 영향력을 행사하고 있는 고 마사요시에게 사적인 부탁을 받다니!

이보다 더 좋은 기회는 없을 것 같았다.

"후우……."

실점 위기를 맞은 투수처럼 길게 심호흡을 하며 마토 시게유키는 힘겹게 마음을 가라앉혔다.

고 마사요시가 한정훈을 만나고 싶어 하는 이유 따위는 궁금해하지 않았다.

은연중에 떠도는 소문이 머릿속에 떠올랐지만 재빨리 지워 버렸다.

그보다는 자신이 할 수 있는 일에 집중했다.

"일단 자리부터 만들어야 해."

마토 시게유키는 핸드폰을 들어 스톰즈 구단의 일정부터 체크했다.

한정훈이 2년 차 투수이고 스톰즈의 에이스인 만큼 개별적으로 움직이지 않을 것이라고 판단했다.

─스톰즈 선수단은 도쿄에서 사흘 정도 머물다가 귀국할 예정이라고 합니다.

"그래? 확실한 거야?"

─네, 구단 관계자가 호텔 숙박 일정을 연장한 것을 확인

했습니다.

"이거 하늘이 돕는 기분인데?"

마토 시게유키가 한껏 입가를 들어올렸다.

스톰즈 선수들이 예정에도 없던 우승 기념 포상 휴가를 즐겨준다면 한정훈과 접촉하는 게 더 쉬워질 것 같았다.

하지만 직원의 보고는 아직 끝난 게 아니었다.

-다만…… 한정훈 선수 일정은 확정된 게 없습니다.

"확정된 게 없다니? 미한 올스타전 때문인가?"

-네, 한국 협회 측에서는 당장 합류하길 바라는 눈치인데 스톰즈 구단에서는 한정훈 선수의 컨디션을 위해 선수단과 함께 휴식을 취하길 원하고 있거든요.

"흠……."

마토 시게유키의 입가에 머물던 미소가 순식간에 사라졌다.

한정훈의 일정이 불확실한 상황에서 계획을 세운다는 게 쉽지 않아 보였다.

그렇다고 무턱대고 스톰즈 구단을 찾아가 한정훈과의 만남을 요청할 수도 없는 노릇이었다.

그렇게 한다고 해도 한정훈이 만남을 허락해 줄 것 같지 않았다.

'어차피 한정훈은 미국에 가야 하는 상황이고 일정을 두고 신경전을 벌이는 거라면…….'

잠시 고심하던 마토 시게유키가 아시아 시리즈 주최 측 관계자에게 전화를 넣었다.

그리고 주최 측의 이름으로 한정훈에게 항공편을 마련해 달라고 부탁했다.

-항공편이요? 퍼스트 클래스를 말씀하시는 거죠?

"네, 비용적인 부분은 저희 측에서 부담하겠습니다."

-흠……. 아무리 시게유키 씨 부탁이라고는 하지만 저희 가 그렇게까지 해야 할 이유가 있을지 잘 모르겠습니다.

주최 측 관계자가 퉁명스럽게 말했다.

한정훈 때문에 애써 준비한 잔치를 망쳐 버렸는데 뜬금없 이 한정훈에게 일본 메이저리거에 준하는 대우를 해주라니.

무슨 사정인지는 몰라도 쉽게 들어줄 만한 일은 아니었다.

"당초 한국 협회 측에서 한정훈 선수의 미일 올스타전 참 가를 강하게 요청하지 않았습니까? 그럼에도 한정훈 선수가 팀을 위해 아시아 시리즈에 참가했고 덕분에 대회도 흥행에 성공했으니까요."

-결과적으로는 한정훈 선수가 참가하지 않은 편이 나았 을지도 모르죠.

"그래도 한정훈 선수의 참가로 인해 아시아 시리즈가 빛났 던 건 사실입니다. 한정훈 선수가 아니고서야 누가 스기노 토모유키 선수와 그런 멋진 경기를 펼칠 수 있었겠습니까?"

-그야 그렇지만…….

"그러니까 주최 측에서 그 답례로 한정훈 선수를 배려해

주는 모습을 보여주는 것도 나쁘지 않다고 생각합니다."

ㅡ흠…….

"다시 말씀드리지만 비용적인 부분은 저희가 처리하겠습니다."

마토 시게유키는 끈질기게 관계자를 설득했다.

돈 한 푼들이지 않고 이미지를 챙길 수 있다는 말에 주최 측 관계자도 이내 태도를 바꿨다.

ㅡ다른 사람도 아니고 시게유키 씨가 그렇게까지 말씀하신다면…… 알겠습니다. 한번 해 보겠습니다.

주최 측 관계자는 인맥을 동원해 KBO와 접촉했다.

그리고 주최 측에서 한정훈의 항공편을 제공하겠다는 뜻을 밝혔다.

KBO는 두말없이 승낙의 뜻을 보였다.

그렇지 않아도 한정훈을 미국에 보내기 위해 퍼스트 클래스를 제공해야 한다는 내부 의견이 나온 터라 마다할 이유가 없었다.

KBO는 다시 스톰즈 구단에 연락을 취했다.

그리고 한정훈을 위해 퍼스트 클래스 티켓을 예매할 것이라고 전했다.

"이거 더는 미루기 어려울 것 같은데요?"

"비즈니스 티켓 가지고도 벌벌 떠는 협회가 이 정도까지 했는데 더 뜸을 들였다간 역풍을 맞을 가능성이 높아 보입니다.”

스톰즈 구단은 KBO의 뜻을 다시 한정훈에게 정했다.

“어쩔 수 없죠.”

호텔에서 휴식을 취하던 한정훈이 마지못해 고개를 끄덕거렸다.

그리고 그 사실이 다시 역으로 마토 시게유키에게까지 전해졌다.

“됐다!”

첫 단추를 꿰는 데 성공한 마토 시게유키는 고 마사요시의 비서에게 전화를 걸었다.

그리고 한정훈의 일정상 퍼스트 클래스에서 식사를 하는 방법밖에 없을 것 같다고 말했다.

다행히 고 마사요시는 마토 시게유키가 마련한 자리를 만족스러워했다.

졸지에 수천만 원을 쓰게 생겼지만 일본 최고의 갑부로 불리는 고 마사요시에게 그 정도 지출은 아무런 일도 아니었다.

반면 생전 처음으로 퍼스트 클래스를 구경하게 된 한정훈의 반응은 달랐다.

“와우, 여기가 말로만 듣던 그 1등석이야?”

자리에 앉은 한정훈은 한동안 말을 잇지 못했다.

야구 선수로 크게 성공하면 꼭 한번 퍼스트 클래스를 타보리라 다짐했는데 그 꿈을 이렇게 이루게 될 줄은 예상하지 못했다.

과거 프로 시절에도 퍼스트 클래스는 구경조차 하지 못했다.

퍼스트 클래스는커녕 솔직히 비즈니스 클래스조차 몇 번 앉아보지 못했다.

젊어서는 짬밥에 밀렸고 나이 들어서는 실력에 밀려 이코노미 좌석 신세를 벗어나지 못했다.

과거로 돌아온 이후에는 그나마 사정이 조금 나아졌다.

청소년 대표 시절까지는 협회 재정상 이코노미 클래스를 애용해야 했지만 프로에 와서 비행기를 탈 일이 있을 때면 늘 비즈니스 좌석을 티케팅 했다.

물론 금전적으로는 퍼스트 클래스를 이용해도 아무런 부담이 없었다.

30억에 달하는 계약금을 시작으로 CF 촬영비, 각종 상금, 연봉에 이르기까지 통장 잔고는 충분하다 못해 넘쳤다.

하지만 고작 프로 2년 차 선수가 벌써부터 퍼스트 클래스를 이용할 수는 없는 노릇이었다.

그래서 한정훈은 메이저리그에 가서 성공하기 전까지는 비즈니스 클래스까지라고 선을 그었다.

적어도 그 정도는 되어야 당당하게 퍼스트 클래스에 앉을 수 있을 것 같았다.

그러나 예상보다 일찍 경험한 퍼스트 클래스도 나쁘지 않았다.

무엇보다 협회에서 지원해 준 항공편이다 보니 더 마음에 들었다.

"제대로 쉬지도 못하고 미국에 가는 건데 이 정도는 타줘야지."

한정훈이 푹신한 좌석 깊숙이 몸을 눕혔다. 그러자 마치 침대에 누운 것처럼 포근함이 밀려들었다.

일본에 갈 때 이용했던 비즈니스석 좌석도 제법 아늑했지만 퍼스트 클래스 좌석과는 감히 비교조차 할 수 없을 정도였다.

"뉴욕까지는 12시간이니까 푹 자둬야겠다."

한정훈은 스르르 감기는 눈꺼풀을 굳이 잡아 올리지 않았다.

생애 처음으로 탄 퍼스트 클래스에서 잠만 잔다는 게 아쉽긴 했지만 뉴욕에 도착한 이후 일정을 감안하면 쉴 수 있을 때 쉬어줘야만 했다.

현재 한미 올스타전은 1차전이 끝난 상태였다.

그리고 한정훈이 뉴욕에 도착할 때쯤 2차전이 끝나 있을 터였다.

협회는 한정훈이 최소 4차전에는 등판해 주길 바랐다.

7차전까지 진행되는 올스타전에서 한정훈이 최소 두 차례는 등판해 주길 기대한 것이다.

하지만 한정훈은 이벤트성 대회에서 굳이 두 번이나 마운드에 오를 마음이 없었다.

일각에서는 메이저리그에 진출하기 전에 메이저리그 선수들을 경험할 수 있는 기회가 될 것이라고 말했지만 한정훈의 생각은 달랐다.

어차피 한정훈이 맞붙고 싶은 슈퍼스타들은 올스타전에 출전하지 않을 것이다.

그나마 이름값 있는 선수들도 최선을 다할 가능성은 없었다.

메이저리그에서 천만 달러 이상을 받는 선수들은 몸이 곧 재산이었다.

시즌이 끝난 상황에서 휴식을 포기하고 참가한 이벤트성 대회에 목숨을 걸 만큼 멍청한 선수들은 없다시피 했다.

반면 한국 대표팀 선수들은 메이저리그 선수들을 상대로 최선을 다할 수밖에 없는 입장이었다.

이벤트성 대회라 해도 세계 최고의 야구 수준을 자랑하는 메이저리그를 꺾는다는 게 국위선양에 큰 도움이 되기 때문이었다.

솔직히 한정훈은 그런 상황 자체가 마음에 들지 않았다.

메이저리그 선수 노조의 눈치를 보면서 정작 한국에는 베스트 멤버를 강요하는 메이저리그 사무국의 태도도 싫었지만 그런 메이저리그 사무국에 끌려다니는 협회도 탐탁지가 않았다.

하지만 협회에서 퍼스트 클래스 좌석까지 확보하며 성의를 보인 만큼 한정훈도 어느 정도는 장단을 맞춰줘야 하는 상황이 되어버렸다.

물론 그렇다고 해서 협회가 원하는 대로 무작정 따를 마음은 없었다.

아시아 시리즈 결승전에서 완투를 한 한정훈이 올스타전 4차전에 등판하기란 현실적으로 쉽지 않은 일이었다.

올스타전 2차전 이후 이동 일이 끼어 있다 하더라도 한정훈에게 보장된 휴식일은 사흘뿐이었다.

장거리 비행으로 인한 피로까지 감안했을 때 베스트 컨디션을 유지하기가 어려웠다.

설사 컨디션이 좋다 하더라도 공식적인 국제 대회도 아닌 이벤트성 경기를 위해 사흘 휴식 후 선발 등판하는 건 여러모로 어리석은 짓이었다.

'5차전에 불펜으로 등판해서 컨디션을 조절하는 게 낫겠다.'

반쯤 잠이 든 상황에서 한정훈은 나름의 등판 일정을 생각했다.

나흘을 더 쉬고 5차전에서 몸을 푼 뒤에 최종전인 7차전에 선발 등판한다면 협회도 어느 정도는 만족스러워할 것 같았다.

그때였다.

"실례할게요."

한정훈의 귓가로 낯선 여자의 목소리가 들려왔다.

한정훈은 스튜어디스인가 싶어 살짝 눈을 떴다.

하지만 시야에 들어온 건 단발머리를 한 젊은 여자였다.

인연이 아닌 듯 한정훈을 스쳐 지났던 여자가 다시 몸을 돌렸다.

그러고는 한정훈의 옆쪽 자리에 천천히 엉덩이를 가져다 붙였다.

'좀 있다가 자야겠네.'

여자의 향수 냄새가 가까이서 풍기자 한정훈이 슬며시 상체를 일으켰다.

우습게도 젊은 여자의 등장으로 인해 몰려들던 잠이 저만치 달아난 느낌이었다.

"혹시 제가 방해를 한 건 아니죠?"

팔에 끼고 있던 핸드백을 선반 위에 놓으며 여자가 한정훈과 눈을 맞췄다.

"아닙니다. 괜찮습니다."

한정훈이 멋쩍게 웃었다.

그렇다고 낯선 여자가 신경 쓰여 잠을 이루지 못한다고 말할 수는 없는 노릇이었다.

'그나저나 미인이네.'

20대 중반쯤 됐을까.

귀밑까지 내려오는 단발머리를 한 여성은 일본의 전형적인 직장 여성 같은 느낌이었다.

성숙하면서도 세련되고 단정한 느낌.

거기에 자꾸 시선을 잡아끌 정도로 예쁘장한 얼굴까지.

이래서는 잠이 들고 싶어도 잠을 자기 어려울 것 같았다.

'그나저나 잘사나 보네. 퍼스트 클래스를 타고.'

구단의 말에 따르면 도쿄를 출발해 뉴욕으로 가는 이 항공기의 퍼스트 클래스 가격은 무려 2,000만 원에 달한다고 했다.

일본 여성의 나이를 감안했을 때 개인적인 성공보다 유복한 환경이 먼저 떠오를 수밖에 없었다.

그런 한정훈의 속내가 표정을 통해 드러난 것일까?

여자의 입가로 짓궂은 웃음이 번졌다.

"한정훈 선수 맞으시죠?"

"네?"

"야구 잘 봤어요."

"아, 네. 감사……."

한정훈은 습관처럼 튀어나오는 뒷말을 되삼켰다.

생전 처음 보는 일본 여성이 자신의 팬일 것 같다는 생각은 들지 않았기 때문이다.

'분명 요미다 팬이겠지.'

한정훈의 표정이 멋쩍게 변했다.

그러자 여자가 그럴 필요 없다며 웃어 보였다.

"저는 요미다 팬이 아니니까 미안해하지 않으셔도 괜찮아요."

"아, 그래요?"

"네, 오히려 조금 기분 좋았어요. 솔직히 요미다 싫어하거든요."

"아……."

한정훈은 그제야 이해가 간다며 고개를 끄덕거렸다.

요미다가 일본 최고의 인기 구단이긴 하지만 모든 일본 야구팬이 요미다를 좋아하는 건 아니었다.

요미다 팬이 아닌 야구팬들은 요미다에 대해 상당한 반감을 가졌다.

오죽했으면 일본 야구팬들 중 절반은 요미다 팬이고 나머지 절반은 요미다 안티 팬이라는 말이 있을 정도였다.

"그럼 어느 팀 팬이세요?"

한정훈이 한결 가벼워진 마음으로 물었다. 그러자 여자가 예쁘게 웃으며 입을 열었다.

"스톰즈 팬이라고 하면 안 믿으실 거죠?"

"하하, 말씀만으로도 감사합니다."

"저는 하드뱅크 좋아해요. 저희 아버지가 하드뱅크 골수

팬이시거든요."

"아, 하드뱅크요?"

하드뱅크는 퍼시픽리그의 절대강호였다.

2014년 이후 6년 연속 퍼시픽리그 정규 시즌 1위에 오르며 일본 아구를 지배하다시피 했다.

비록 올 시즌에는 막강 투수력을 앞세운 재팬햄에 파이널 시리즈에서 패배하며 재팬 시리즈 진출에 실패했지만 여전히 우승 후보 0순위로 꼽히는 팀이었다.

"하드뱅크를 아세요?"

"그럼요. 투타 밸런스가 좋은 팀이잖아요."

"하지만 올 시즌 성적은 좀 아쉬웠어요."

"쇼타가 파이널 시리즈에서 너무 잘 던졌죠."

일본의 포스트시즌은 리그 챔피언을 가리는 클라이막스 시리즈와 양대 리그 통합 챔피언 자리를 두고 다투는 재팬 시리즈로 나뉜다.

클라이막스 시리즈는 다시 퍼스트 스테이지(상위 2, 3위 팀의 맞대결로 3전 2선승제)와 파이널 스테이지(1위와 퍼스트 스테이지의 승자 간 맞대결)로 진행된다.

퍼시픽리그 3위로 포스트시즌 막차를 탄 재팬햄은 리그 최강이라 불리는 원투 펀치를 앞세워 2위 세이바 라이온즈를 시리즈 스코어 2 대 0으로 물리치고 파이널 스테이지에 올랐다.

그리고 리그 우승팀 하드뱅크를 상대로 6차전까지 가는 접전 끝에 시리즈 전적 4 대 3으로 누르고 재팬 시리즈에 진출했다.

당시 일본 전문가들은 하드뱅크가 재팬햄을 상대로 우월한 경기를 펼칠 것이라고 전망했다.

팀 전력은 물론 6전 4선승제의 파이널 스테이지 방식상 1승을 먼저 안고 가는 하드뱅크가 절대적으로 유리했기 때문이다.

그러나 막상 시리즈는 재팬햄의 승리로 끝이 났다.

재팬햄이 자랑하는 쇼타-코헤이 원투 펀치에 하드뱅크 타자들이 완벽하게 침묵한 결과였다.

2차전과 6차전 선발로 나와 2승을 챙긴 쇼타가 시리즈 MVP를 차지했다.

오타니 쇼헤에 이어 팀의 우완 에이스 계보를 이은 이리하라 코헤이는 3차전에 선발 등판한 이후 5차전에 구원 투수로 나와 2승을 거두었다.

라이벌이자 친구로서 한정훈은 쇼타의 고군분투가 자랑스러웠다.

하지만 하드뱅크를 응원하는 입장에서는 쇼타가 예쁠 리없었다.

"쇼타 선수하고 친하시죠?"

여자가 살짝 눈을 흘겼다.

"예, 뭐. 친구입니다."

한정훈의 표정이 다시 멋쩍어졌다.

"솔직히 쇼타 선수 너무 얄미워요. 하드뱅크에서도 재작년에 영입하려고 했는데 재팬햄만 고집하는 바람에 실패했거든요."

여자가 불만스럽게 입술을 삐죽거렸다.

쇼타가 고등학교를 졸업하고 드래프트 시장에 나왔을 때 일본 모든 구단에서 입질을 보였다.

그중에서도 하드뱅크는 적극적이었다. 역대 최고의 대우를 해주겠다고 선언했다.

적어도 금전적인 문제로 요미다를 비롯한 빅 마켓 구단들에게 쇼타를 빼앗기지 않겠다는 선전포고였다.

그러나 치열한 돈 싸움이 기대가 됐던 쇼타 쟁탈전은 당사자인 쇼타가 재팬햄의 입단을 희망하면서 허무하게 끝이 났다.

게다가 우선 지명권마저 재팬햄이 차지해 버리는 바람에 하드뱅크는 시원하게 헛물만 켜고 말았다.

"쇼타가 오타니 쇼헤의 열혈팬이라서요."

한정훈이 애써 웃으며 쇼타를 두둔했다. 그러자 여자가 피식 웃어 보였다.

"그보다는 오타니 쇼헤의 길을 뒤쫓고 싶었던 것이겠죠."

언론은 쇼타가 재팬햄에 입단한 가장 큰 이유로 오타니 쇼혜를 꼽았다.

그러나 오타니 쇼헤는 쇼타가 입단하고 나서 곧바로 메이저리그에 진출했다.

정말로 쇼타가 오타니 쇼헤와 함께 뛰는 게 꿈이었다면 재팬햄에 입단할 이유가 없었다.

외부에 알려지진 않았지만 쇼타가 다른 구단보다 재팬햄을 선호했던 이유는 크게 두 가지였다.

첫째는 상위 선발 자리에 대한 보전이었다.

재팬햄은 쇼타가 기대 이하의 성적을 보이더라도 절대 3선발 이하로 내리지 않겠다고 약속했다.

그리고 그 약속을 지금까지 잘 지켜왔다.

두 번째는 메이저리그 조기 진출 보장이었다.

오타니 쇼헤는 고작 5시즌을 뛰고 메이저리그행을 선언했다.

한 팀에서 9시즌을 뛰어야 해외진출 자격이 생기는 일본 야구 규정상 파격적인 대우였다.

재팬햄은 쇼타에게도 최소 4시즌 이상 준수한 활약을 펼칠 경우 메이저리그 진출을 허락하겠다는 뜻을 보였다.

다른 구단과는 다른 재팬햄의 파격적인 제안이 쇼타에게 제대로 먹혀든 것이다.

물론 이 같은 사실은 야구계 종사자들이 아니면 쉽게 알 수 없는 비화였다.

특히나 인기 있는 야구 선수는 함부로 건드리지 않는다는 일본 언론의 특성상 쇼타와 재팬햄의 계약은 여전히 아름다운 미화로만 남아 있었다.

그런데 그 사실을 정확하게 알고 있다는 건 여자가 야구에 대한 관심을 넘어서 야구계에 상당한 인맥을 두고 있다는 의미였다.

'하긴, 평범한 여자가 퍼스트 클래스를 타진 않았겠지.'

한정훈의 얼굴에 자연스럽게 경계의 빛이 번졌다.

그 순간.

"그래서 가능하다면 한정훈 선수가 우리 팀이 왔으면 좋겠다고 생각하고 있어요."

"……네?"

"한정훈 선수. 메이저리그에 진출하기 전에 하드뱅크에서 2년 정도 뛰어보는 건 어때요?"

여자가 진지한 얼굴로 제안을 해왔다.

"그, 글쎄요."

한정훈은 즉답을 피했다.

스톰즈를 떠나 하드뱅크에서 뛸 마음은 전혀 없었지만 그렇다고 우연히 만난 여자에게 자신의 속내를 전부 드러낼 필요는 없다고 여겼다.

하지만 여자는 그저 하드뱅크의 팬이라는 이유로 한정훈을 곤란하게 만든 게 아니었다.

"아, 참. 제 소개를 아직 안 했네요. 저는 하드뱅크 구단 운영 이사 유키입니다."

여자가 뒤늦게 자신의 명함을 한정훈에게 내밀었다.

명함에는 하드뱅크 구단의 로고와 함께 운영 이사라는 직함이 찍혀 있었다.

그러나 한정훈의 시선은 정작 다른 곳에 머물렀다.

고 유키.

평범한 일본인에게서는 결코 볼 수 없는 성씨가 시선을 잡아끈 것이다.

'고 유키? 하드뱅크? 설마…… 고성희 회장?'

한정훈이 놀란 눈으로 여자, 유키를 바라봤다.

어쩌면 유키의 성씨가 하드뱅크 창업자이자 구단주인 고성희에게서 나왔을지 모른다는 생각이 들었다.

그러자 유키가 가볍게 고개를 끄덕였다.

"숨길 생각은 없었어요. 무례했다면 용서해 주세요."

유키가 선선히 자신의 정체를 밝혔다.

아울러 한정훈을 만나기 위해 일부러 시간을 내서 뉴욕행 비행기를 탔다는 사실도 전했다.

'허……! 고성희 회장의 셋째 딸이라니.'

한정훈은 그저 헛웃음만 났다.

한미 올스타전을 위해 탑승한 비행기 안에서 하드뱅크 구단주의 딸을 만나게 될 줄은 몰랐던 것이다.

"설마 아까 하신 말씀이 진심은 아니시죠?"

한정훈의 표정이 다소 진지하게 변했다.

제아무리 자신이 탐이 난다 하더라도 에이전시를 통하지 않고 이런 식으로 접촉해 오는 건 무례한 짓이었다.

"그냥 제 개인적인 바람을 말씀드린 거예요. 만약 한정훈 선수가 있었다면 하드뱅크가 그렇게 허무하게 탈락하지는 않았을 테니까요. 하지만 만약에 한정훈 선수가 하드뱅크에 조금이라도 마음이 있다면 스톰즈 구단과 진지하게 대화를 나눌 생각은 분명히 가지고 있습니다."

유키가 적당히 한발 물러났다. 그러면서도 한정훈에 대한 갈망은 숨기지 않았다.

"하아……."

한정훈이 길게 한숨을 내쉬었다.

어쩐지 다른 자리를 놔두고 자신의 옆자리에 앉더라니.

모든 게 계획적인 모양이었다.

덩달아 화기애애했던 분위기가 싸늘해졌다. 그러자 유키가 냉큼 고개를 숙였다.

"불편하게 했다면 정말 미안해요. 하지만 오해는 하지 않았으면 좋겠어요. 오래전부터 한정훈 선수를 봐 왔고 한정훈 선수를 응원해 왔어요. 하드뱅크라는 팀의 이사로서 한정훈 선수를 영입하고 싶은 욕심이 드는 건 사실이지만 그건 아마 다른 모든 구단도 마찬가지일 거예요. 그냥 욕심 한번 내본 거예요. 정말로 한정훈 선수가 하드뱅크에 와준다면 좋겠지만……. 그럴 가능성은 없으니까요. 그리고 한정훈 선수가 계획대로 메이저리그에 진출한다고 해도 저는 한정훈 선수를 응원할 거예요. 저 원래 야구 잘하는 남자가 이상형이라 오래전부터 한정훈 선수 좋아했거든요."

다소 장황한 변명을 마친 유키가 갑자기 볼을 붉혔다.

그 모습이 꼭 동경하는 남자에게 속마음을 들킨 여자아이 같았다.

하지만 정작 한정훈은 모든 게 그저 어이없기만 했다.

'그러니까…… 뭐야? 날 영입하러 온 게 아니라 날 꾀러 온 거야?'

한정훈은 보란 듯이 미간을 찌푸렸다.

유키가 미인이고 집안 좋은 능력 있는 여자라는 건 알겠지만 이런 식의 뜬금없는 고백은 별로 달갑지 않았다.

무엇보다 남자 하나 만나기 위해 좌석당 2천만 원에 달하는 퍼스트 클래스를 전세 냈다는 사실이 마음에 들지 않았다.

자신의 가치를 높게 평가해 준 것은 분명 고마운 일이지만 선후가 틀렸다.

만약 유키가 일반 팬으로서 먼저 다가와 주었다면 또 모르겠지만 이런 방식은 자신의 재력을 자랑하는 꼴밖에 되지 않았다.

"미안하지만 좀 자야 할 것 같습니다. 너무 피곤해서요."

한정훈이 양해를 구하고 고개를 돌렸다. 그러고는 비행기가 이륙을 끝낸 사이 잠에 빠져들었다.

"칫, 더 이야기하고 싶었는데."

나직이 코를 고는 한정훈을 바라보며 유키가 입술을 삐죽거렸다.

하지만 그것도 잠시.

"그래도 이렇게 만났는데 사진을 찍어야지."

핸드폰을 천장 위로 들어 올리며 유키는 자신과 한정훈이 한 화면에 나오도록 사진을 찍었다.

환한 미소를 머금은 채로.

49장
한미 올스타전(1)

'좋아하는 한정훈 선수와 함께'라는 제목으로 SNS에 올라온 사진의 여파는 어마어마했다.

"뭐야, 이거?"

"유키? 얘 하드뱅크 고성희 딸 아냐?"

"헐, 한정훈 설마 하드뱅크 가는 거야?"

"이런 미친! 메이저리그가 코앞인데 이게 무슨 뻘짓이야?"

국내 야구계가 발칵 뒤집혔다.

그동안 별다른 구설수 없이 잘 지내던 한정훈이 갑작스럽게 고 유키와 함께 뉴욕행 비행기에 올랐으니 의심과 오해가 쌓일 수밖에 없었다.

ㄴ설마 한정훈, 하드뱅크로 이적한 거임?

ㄴ멍청아, 해외 진출 자격 얻지도 못했는데 무슨 수로 이적해?

ㄴㅇㅂㅇ. 한정훈 남은 국가대항전 다 참여해도 3.5년인가 뛰어야 해서 4시즌 채우는 걸로 알고 있음.

ㄴ혹시 모르지. 한정훈이 국내는 좁다고 땡깡 부렸을지도.

ㄴ그랬다면 미국 가지 일본 가겠냐?

ㄴ돈 때문에 그러는 거 아냐?

ㄴ하긴, 연봉만 놓고 보면 나 같아도 일본 가겠다.

가장 먼저 불거진 건 한정훈 하드뱅크 이적설이었다.

한정훈이 하드뱅크와 계약할 마음이 없다면 고성희의 3녀와 함께 사진에 찍힐 리 없다는 것이다.

물론 이성적인 야구팬들은 말도 안 되는 소리라며 일축했다.

야구 제도상 한정훈이 하드뱅크로 이적할 방법이 없기 때문이었다.

하지만 말 많은 네티즌들은 이곳저곳에 문제의 사진을 퍼나르며 각종 루머를 양산했다.

ㄴ사진 저거 퍼스트 클래스 아님?

ㄴㅇㅂㅇ 맞음. 저거 도쿄 항공 퍼스트 클래스 좌석임.

└대박! 인터넷 최저가 1,900만 원인데?

└와, 시발. 한정훈 돈 많네.

└딱 보면 모르겠냐? 여자가 스폰 해 준 거잖아.

└SNS에 좋아한다고 썼으니 스폰 맞네.

└야, 그냥 팬으로서 좋아하는 거잖아. 그리고 한정훈이 뭐가 아쉽다고 스폰을 받냐?

└멍청아, 일본은 원래 사랑한다는 말 잘 안 쓰거든?

한정훈 하드뱅크 이적설이 잠잠해지자 뒤이어 스폰설이 대세를 이루었다.

한정훈이 2천만 원에 달하는 퍼스트 클래스 좌석에서 유키와 함께 있는 것 자체가 수상쩍다는 것이었다.

그러자 스톰즈 구단은 즉시 언론을 통해 해당 좌석은 KBO에서 마련해 준 좌석임을 명확하게 했다.

KBO에서도 결승전을 치르고 곧바로 한미 올스타전 참가를 위해 이동해야 하는 한정훈을 위해 협회에서 특별히 예우를 해준 것이라고 밝혔다.

하지만 고작 그 정도 해명만으로 한정훈 스폰설이 잠잠해질 리 없었다.

└스톰즈하고 협회하고 똥줄 타는 중.

└한정훈 뉴욕 도착까지 아직 8시간이나 남았으니까 일단

말 맞추는 거지, 뭐.

└근데 변명이 너무 옹색하다. 세상에 협회에서 2천만 원
대줬다는 게 말이 되냐?

└진짜여도 웃기고 구라여도 웃기는 상황이지 뭐.

└진짜여서 웃길 건 뭐냐?

└솔까 한정훈 연차 생각하면 퍼스트 클래스가 가당키나
하냐? 국제 대회 참가할 때도 다들 비즈니스 탄다는데?

└결승전 뛰고 바로 비행기 탄 거라잖아. 퍼스트 클래스
좀 타면 어때?

└내 말이. 한정훈이 참가해 주면 고마워해야 하는 거 아
닌가?

└어차피 이빨 까는 거니까 쓸데없이 싸우지 좀 마라. 차
라리 한정훈하고 저 여자하고 사귄다는 썰이 더 믿을 만하
니까.

└ㅇㅂㅇ 나 일본에 아는 사람 있는데 저 여자 원래 야구
선수 킬러라는데? 잘생기고 야구 잘하는 선수들하고 썸 타
기 전문이란다.

한정훈이 숙면 중인 상황에서 논란이 점점 커지자 언론들
도 더는 참지 못했다.

[한정훈, 하드뱅크 구단주 딸과 함께 뉴욕행!]

[한정훈 ♡ 고성희 3녀, 사랑의 도피 중?]

[한정훈 연락 두절. 스톰즈 구단 발만 동동.]

[스톰즈 구단, 한정훈 열애설에 사실 확인 중이라는 답변만 늘어놓아.]

순식간에 한정훈 열애설이 대한민국을 떠들썩하게 만들었다.

그리고 그 소동은 한정훈이 박찬영 대표를 만나기 전까지 계속됐다.

"한정훈 선수, 일단 이것 좀 봐 주세요."

한정훈이 보이기가 무섭게 박찬영 대표는 인터넷 뉴스를 들이밀었다.

물어보고 싶은 말이 많았지만 그보다는 한정훈이 사태를 파악하게 만드는 게 먼저라고 여겼다.

"허…… 아주 자기들 멋대로네요."

기사를 정독한 한정훈이 헛웃음을 흘렸다.

그러고는 박찬영 대표에게 비행기 안에서 있었던 이야기를 사실대로 전했다.

"그러니까 유키라는 여성이 한정훈 선수가 좋아서 따라온 건 사실이란 말이죠?"

"네, 뭐 본인은 그렇게 말했어요."

"한정훈 선수는 아무런 감정이 없는 거고요?"

"예쁘긴 합니다만 솔직히 부담스럽죠. 잠깐이나마 스토킹을 당하는 아이돌이 된 기분이었으니까요."

한정훈의 너스레에 박찬영 대표가 웃음을 되찾았다.

단순한 해프닝이라 여기면서도 쏟아지는 루머에 신경이 곤두섰었는데 이제야 겨우 마음이 놓이는 기분이었다.

"일단 감정적인 대응은 삼가는 게 좋을 것 같습니다. 하드뱅크 구단과 관계된 일인지 아니면 유키라는 여성 혼자서 저지른 일인지 확인을 해봐야 할 테니까요."

"알아서 처리해 주세요."

"그렇다고 너무 매몰차게 나가면 골치 아파질 수 있으니까 팬 정도로 둘러대겠습니다."

"네, 그럼 저는 먼저 가서 좀 쉴게요. 퍼스트 클래스라 편할 줄 알았는데 온몸이 욱신거리네요."

한정훈은 사전에 준비된 차량을 타고 호텔로 향했다.

뒤늦게 몰려든 기자들에게는 박찬영 대표가 알아듣게 설명했다.

"아무래도 그분께서 한정훈 선수의 경기를 직접 관람하고 싶으셨던 모양입니다."

박찬영 대표는 동행 목적을 유키 쪽에 떠넘겼다.

한정훈은 KBO가 정해준 일정대로 이동했을 뿐이며 아직 2년 차 선수인 만큼 구단에서 철저하게 관리받고 있다는 사실을 덧붙였다.

"그러니까 유키인지 뭔지 하는 재벌녀가 적극적으로 대시한 거란 말이지?"

"그 여자, 인터넷상에 야구 선수 킬러라고 떠돈다며? 그거 확실한 거야?"

"일본 쪽 기자에게 알아보고 있긴 한데 아니 땐 굴뚝에 연기 나려고?"

"하기야 한정훈이야 지금이라도 맘만 먹으면 여자 아이돌들 후리고 다닐 텐데 부담스럽게 일본 재벌녀 만나고 다니진 않겠지."

"확실한 건 하드뱅크 쪽 반응 보면 알지 않겠어?"

기자들은 기다렸다는 듯이 기사 방향을 한정훈에서 유키 쪽으로 선회했다.

가뜩이나 한미 올스타전에서 연패를 당하는 상황인데 구원 투수로 투입된 한정훈을 계속 걸고넘어지기가 미안하던 차였다.

그러면서도 기자들은 하드뱅크 쪽에서 사실무근으로 대처할 가능성이 높다고 여겼다.

하지만 정작 하드뱅크에서 내놓은 공식 입장은 기자들의 예상과 완전히 달랐다.

1. 고 유키 이사는 현재 메이저리그 구단 투자 건으로 뉴욕으로 출국한 상태입니다.

2. 고 유키 이사의 뉴욕 일정 중에 한미 올스타전 관람이 포함되어 있습니다.
3. 고 유키 이사가 한정훈 선수의 팬인 것은 사실입니다. 고 유키 이사는 오래전부터 메이저리그에서 활약할 수 있을 정도의 실력 있는 선수들을 후원하고 응원해 왔습니다.
4. 고 유키 이사와 한정훈 선수의 개인적인 감정에 대해서는 구단 측에서 확인해 줄 수가 없습니다.

업무상의 출국이라 둘러대면서 하드뱅크는 유키와 한정훈의 열애설에 대해 확실히 선을 긋지 않았다.

오히려 얼마든지 추측성 기사를 내 보라며 판을 벌여주었다.

"뭐야? 열애설을 쓰라는 거야, 말라는 거야?"

"이거 이러다 나중에 줄초상 나는 거 아냐?"

하드뱅크 측에서 강하게 나오자 국내 언론의 반응은 주춤해졌다.

반면 미국 쪽은 때 아닌 하드뱅크 미국 진출설로 뜨겁게 달아올랐다.

"이거 이러다 하드뱅크가 정말로 메이저리그 구단을 인수하는 거 아닙니까?"

"하드뱅크에서 재정 상황이 좋지 않은 구단을 후원해 온 게 어제오늘 일은 아니지 않습니까?"

"그래도 한정훈 선수에게 접촉했다는 사실이 불안합니다."

"제 생각도 같습니다. 한정훈 같은 선수를 고작 일본 리그에 묶어두기 위해 만나지는 않았을 거 아닙니까?"

한미 올스타전을 관람하기 위해 뉴욕을 찾아온 메이저리그 단장들과 사장들은 모였다 하면 하드뱅크를 입에 올렸다.

하드뱅크는 막강한 자금력으로 기존의 프로 야구단(가이에 호크스)을 인수해 센트럴리그 최강팀으로 만든 전력을 가지고 있었다.

그런 하드뱅크가 작심하고 메이저리그에 뛰어든다면 재정이 약한 스몰 마켓 구단들은 버텨낼 재간이 없어 보였다.

물론 재정이 약한 구단이 매각되어 조금 더 재정이 튼튼한 주인을 만나는 건 여러모로 환영할 만한 일이었다.

구단에 돈이 없으면 결국 선수 팔기에 주력할 수밖에 없다.

자연스럽게 리그의 질적 저하가 이어지고 종국에는 메이저리그 발전에 악영향을 끼치게 된다.

하지만 그렇다고 해서 메이저리그의 가치도 모르는 이들이나 메이저리그에 반하는 이들이 메이저리그 구단의 주인이 되는 건 달갑지 않은 일이었다.

특히나 자금력을 앞세워 세계 야구의 주도권을 잡으려는 일본 야구계의 움직임은 눈엣가시였다.

가뜩이나 매리너스가 일본 구단화 되어버린 상황에서 제2, 제3의 매리너스가 나온다면 메이저리그 존속이 위협받을 가능성이 높았다.

그런 점에서 하드뱅크가 한정훈과 접촉한 건 의미하는 바가 컸다.

"한정훈을 선점할 수만 있다면 메이저리그에 빨리 안착할 수 있다는 계산이겠죠."

"제 생각도 같습니다. 각 구단에서 판단하는 한정훈의 가치가 틀리지 않는다면, 한정훈 하나만으로도 분명 엄청난 상품이 될 겁니다."

"돈이 없어서 선수를 팔던 팀이 주인이 바뀌고 한정훈을 영입해 단숨에 우승 후보가 된다면 어느 팬들이 싫어할까요?"

"반발도 잠깐일 겁니다. 팬들이 원하는 건 결국 승리고 우승이니까요."

"문제는 그다음이겠죠. 그렇게 지역 언론과 팬들을 장악하고 나면 슬슬 본색을 드러낼 테니까요."

뉴욕에 모인 단장과 사장들은 하드뱅크에게 한정훈을 빼앗길 수 없다며 이를 갈았다.

바로 어제까지만 해도 지나치게 치솟은 한정훈의 몸값에 대해 불만을 터뜨리는 이가 적지 않았는데 하루아침에 분위기가 바뀐 것이다.

"고작 아시아 선수 하나 때문에 저렇듯 난리라니."

앤디 프리드먼 다저스 사장은 이해할 수 없다는 표정을 지었다.

그러면서도 고작 열애설 하나 때문에 한정훈의 몸값이 다시 폭등 기미를 보인다는 사실을 못마땅하게 여겼다.

"한정훈 선수의 다음 등판이 언제입니까?"

앤디 프리드먼 사장이 동행한 그린 매덕스를 바라봤다. 그러자 그린 매덕스가 무표정한 얼굴로 입을 열었다.

"5차전이 될 가능성이 높습니다."

"5차전? 선발입니까?"

"사무국에서는 한정훈 선수가 7차전 선발로 등판하길 원하고 있습니다."

"그렇다면 중간에 잠깐 나오겠군요."

"그럴 가능성이 높아 보입니다."

"영악한 선수네요. 선발투수로서 팀을 위해 중간에서 한두 이닝 던지는 모양새를 취한다면 부진해도 비난은 줄어들겠죠."

앤디 프리드먼 사장은 코웃음을 쳤다.

한정훈이 현지 적응을 위해 일부러 7차전 선발 등판을 선택했다고 여겼다.

그러나 그린 매덕스는 아무런 대답도 하지 않았다.

한정훈이 중간 계투로 등장한다고 해서 부진할 거라는 생각은 눈곱만큼도 들지 않았다.

미국 본토에서 열리는 한미 올스타전의 일정은 상당히 빡빡하게 진행됐다.

11월 6일 개회식 및 기념행사 / 양키즈 스타디움

11월 7일 팬 사인회 및 한미 레전드 매치 / 양키즈 스타디움

11월 8일 한미 올스타전 1차전 / 양키즈 스타디움

11월 9일 한미 올스타전 2차전 / 양키즈 스타디움

11월 10일 팬 사인회 및 한미 유소년 매치 / 시디 필드

11월 11일 한미 올스타전 3차전 / 시디 필드

11월 12일 한미 올스타전 4차전 / 시디 필드

11월 13일 한미 올스타전 5차전 / 시디 필드

11월 14일 팬 사인회 및 한미 레전드 매치 / 양키즈 스타디움

11월 15일 한미 올스타전 6차전 / 양키즈 스타디움

11월 16일 한미 올스타전 7차전 / 양키즈 스타디움

11월 17일 폐회식 및 기념행사 / 양키즈 스타디움

12일간의 일정 중 선수들을 위한 휴식은 단 하루도 없었다.

당연하게도 밤 비행기로 뉴욕에 도착한 한정훈에게도 10일 팬 사인회에 참석해 달라는 요청이 들어왔다.

하지만 박찬영 대표는 한정훈이 예외 출전 선수임을 들어

정중히 거절했다.

컨디션 조절 문제도 있지만 한정훈은 엄연히 말해 특별 초청 선수 자격으로 한미 올스타전에 참가하는 것이었다.

협회에서 선발한 28인 대표팀 엔트리에 포함된 게 아닌 만큼 협회에서 주관하는 모든 행사에 강제적으로 참여할 이유는 없었다.

"아니, 일개 선수가 협회의 요청을 묵살한다는 게 말이나 되는 일입니까?"

한미 올스타전 해설을 맡은 허구은은 강하게 반발했다.

류현신이나 박병훈 같은 메이저리그 선배들도 군말 없이 행사에 참여하는데 새파랗게 어린 신인급 선수가 호텔에서 휴식을 취한다는 게 용납이 되지 않은 것이다.

[대단한 한정훈. 공식 일정 불참 선언!]

[이러려면 왜 퍼스트 클래스를 타고 온 것인가? 한정훈의 비협조적인 행보에 협회, 당혹감 감추지 못해.]

[대표팀 모 코치, 한정훈 때문에 팀 분위기 뒤숭숭해.]

허구은에게 소스를 받은 기자들은 날선 목소리로 한정훈을 비판했다.

야구가 단체 스포츠이고 협력과 단합이 강조되는 만큼 논란의 소지가 크다고 판단한 것이다.

하지만 정작 야구팬들의 반응은 정반대였다.

ㄴ협회 놈들 하는 꼬라지 보소? 퍼스트 클래스 쒰으니 와
서 얼굴마담 하라 이거지?
ㄴ퍼스트 클래스고 나빌이고 비행기 12시간 타봐라. 기분
이 어떤지. 게다가 한정훈은 비행기도 거의 안 타봤을 텐데
쉬게 내버려 두지는 못할망정 벌써부터 언플이냐?
ㄴ진짜 협회 놈들한테 묻고 싶다. 이 지랄 떨 거면 한정훈
왜 부른 거냐?
ㄴ지난번 레전드 매치 한 거 보니까 대표팀 선수들은 거의
박수 셔틀이더만? 아니, 본경기 뛰어야 할 선수들 데려다 놓
고 뭐하는 거야? 그러니까 1, 2차전 경기력이 그 모양이지!
ㄴ아시아 시리즈 결승전 끝나기가 무섭게 쉬지도 못하고
노예처럼 끌려다니면 기분 좋겠냐?
ㄴ정훈아, 그냥 못해먹겠다 그러고 와라. 어차피 올림픽이
고 WBC고 너 없음 답이 없어.
ㄴ내 말이. 어차피 한정훈 없음 국제 대회 노답이다.
ㄴ이러다 한정훈이 빡쳐서 7시즌 채우고 FA로 미국 가면
재미있을 듯.
ㄴ대신 국제 경기 전부 보이콧하고? 시발. 그럼 너무 암울
하잖아.

여론이 불리하게 흐르자 협회는 재빨리 정정 기사를 냈다.

한정훈은 특별 초청 선수로 참가한 만큼 사인회를 비롯한 공식 행사에 참가할 필요가 없다는 것이었다.

물론 협회 내부적으로는 불만의 목소리가 끊이질 않았다.

"한정훈 선수 한 명 때문에 이게 무슨 난리인지 모르겠습니다."

"그러게 말입니다. 앞으로 국제 대회가 한둘이 아닐 텐데 걱정이네요."

이 같은 분위기가 대표팀에까지 영향을 미쳤다.

김인선 감독을 비롯해 팀의 주축 선수들은 한정훈을 이해한다는 입장이었지만 고참들을 대신해 새롭게 대표팀에 합류한 젊은 선수들과 일부 코치들은 불쾌함을 드러냈다.

그 과정에서 덩달아 경기력도 나빠졌다.

양키즈 스타디움에서 열린 1차전에서 한국 올스타 대표팀은 미국 올스타 대표팀에 7 대 2로 패배했다.

선발투수로 나왔던 양현중이 6이닝 3실점으로 호투했지만 뒤이어 등판한 불펜 투수들이 줄줄이 실점하며 미국 올스타 쪽으로 경기를 완전히 내주고 말았다.

충격의 첫 패배를 당한 한국 대표팀은 2차전 선발로 김강현을 내세웠다.

당초 아시아 시리즈 참가가 유력한 상황이었지만 못다 이룬 꿈을 위해 한미 올스타전에 참가하고 싶다는 김강현의 요구를 와이번스 구단이 수용하면서 뉴욕행 비행기에 오를 수 있었다.

김강현은 1회 초 연속 홈런을 허용하며 4실점 했지만 7회까지 마운드를 지키며 한국 대표팀을 승리의 문턱 앞까지 데려다 놓았다.

타자들도 미국 투수들을 두드리며 5득점에 성공했다.

하지만 8회 말, 불펜 투수들이 또다시 불을 지르며 경기는 7 대 5로 끝이 났다.

최악의 경우 시리즈 스코어 7 대 0으로 끝날지 모른다는 불안감 속에 무대가 메츠의 홈구장, 시디 파크로 옮겨졌다.

그리고 메이저리거 류현신이 마운드에 올랐다.

연패를 끊어야 한다는 중책을 맡은 류현신은 미국 대표팀 타자들을 상대로 수준급 피칭을 선보였다.

8이닝 6피안타 1실점.

거의 매 이닝 주자를 내보내면서도 절묘한 제구력을 바탕으로 타자들의 방망이를 이끌어내며 대한민국 원조 에이스로서의 자존심을 지켰다.

9회에 마운드에 오른 돌부처 오성환도 1이닝을 깔끔하게 틀어막고 대표팀의 시리즈 첫 승을 지켰다. (스코어 3 대 1)

하지만 아쉽게도 한국 대표팀은 승기를 이어가지 못했다.

4차전에 선발 등판한 에두아르 로드리게스에게 3안타 완봉패를 당했기 때문이다.

레드삭스의 좌완 에이스로 급성장한 에두아르 로드리게스는 최고 구속 155㎞/h의 패스트볼을 내던지며 한국 타자들을 힘으로 찍어 눌렀다.

타순이 한 바퀴 돈 이후에는 절묘하게 떨어지는 체인지업의 비중을 높여 한국 타자들의 방망이를 헛돌게 만들었다.

반면 기대를 모았던 선발 박세운은 3이닝 동안 10피안타를 허용하며 7실점으로 부진했다.

경기 초반에 점수 차이가 크게 벌어진 탓에 한국 대표팀은 이렇다 할 반격조차 하지 못하고 허무하게 경기를 내주고 말았다.(스코어 9 대 0)

시리즈 스코어 3 대 1.

시리즈 우승이 걸린 5차전을 앞두고 한정훈이 대표팀에 합류했다.

"정훈아! 짜식, 왜 이제 왔어?"

"피로는 좀 풀었고? 어깨는 괜찮은 거야?"

"경기 잘 봤다, 야. 아깝더라. 그 안타만 아니었더라도 퍼펙트게임이었는데."

"어쨌든 잘 왔다. 이제 좀 숨통이 트이는 기분이야."

아시안 게임 때 함께했던 선수들과 코치들은 한목소리로 한정훈을 반겼다.

하지만 협회와 가까운 일부 선수들과 코치들은 못마땅한 기색이 역력했다.

특히나 불펜 투수 코치로 합류한 양상운 코치는 말투부터가 시비조였다.

"오늘 선발은 어렵다며?"

"네, 아직 어깨가 무거워서요."

"그럼 호텔에서 더 쉬지 왜 왔냐?"

"네?"

"어쨌든 오늘 경기에 뛸 생각이라면 몸 제대로 풀어놔라. 언제 어떤 상황에서 투입이 될지 모르니까. 알았어?"

양상운 코치가 퉁명스럽게 말했다.

가뜩이나 불펜 투수들의 난조 때문에 신경이 곤두선 상황에서 선발도 아니고 임시 불펜으로 합류한 한정훈이 달가울 리 없었다.

'제깟 녀석이 잘나면 얼마나 잘났다고 보직도 멋대로 정하고 난리야?'

양상운 코치가 불만 가득한 눈으로 한정훈을 노려봤다.

한정훈이 세운 탈삼진 신기록 때문에 트윈스 감독 자리에서 잘린 걸 생각하면 솔직히 말도 섞고 싶지 않았다.

그래서 양상운 코치는 오늘 경기에서 한정훈이 돋보일 만한 기회는 만들어주지 않겠다고 다짐했다.

김인선 감독은 경기 후반 하위 타선을 상대로 한정훈이 경기에 적응할 수 있도록 교체하겠다는 뜻을 밝혔지만 양상운 코치는 동의해 줄 마음이 없었다.

지금껏 욕먹어 가며 고생한 다른 불펜 투수들을 놔두고 한 정훈만 편애하는 건 있을 수 없는 일이었다.

그렇게 5차전 경기가 시작됐다.

한국 대표팀의 선발투수는 타이거즈 우완 에이스 윤성민.

메이저리그에 도전했다가 1년 만에 한국으로 돌아온 전력 때문인지 미국 대표팀 타자들의 얼굴은 하나같이 자신감에 차 있었다.

하지만 윤성민은 구석구석을 찌르는 절묘한 슬라이더를 앞세워 미국 타자들을 범타로 유도해 냈다.

4회와 5회에 큼지막한 솔로 홈런을 허용하긴 했지만 묵묵 히 마운드를 지키며 예정보다 긴 7이닝을 소화해 주었다.

전날 에두아르 로드리게스에게 쩔쩔매던 타자들도 철저한 팀 배팅으로 윤성민의 어깨를 가볍게 만들어주었다.

특히나 4번 타자 박병훈의 활약이 돋보였다.

2회에 선제 솔로 홈런을 날린 데 이어 4회에 다시 주자 일 소 2루타를 때려내며 팀의 6 대 2 리드를 이끌었다.

상황이 이렇게 되자 양상운 코치는 김인선 감독을 설득 했다.

완벽한 컨디션이 아닌 한정훈을 굳이 무리시킬 필요가 있 겠냐며 불펜 투수들에게 명예 회복할 기회를 줘야 한다고 말 했다.

"하긴, 불펜 투수들도 마음고생이 심하긴 했으니까."

김인선 감독도 이내 고개를 끄덕거렸다.

8번부터 시작되는 타순이라면 굳이 한정훈이 아니더라도 충분히 막아낼 수 있을 것 같았다.

설사 불펜이 한두 점 정도 점수를 내준다 해도 상관없었다.

경기가 뒤집히지만 않는다면 오성환을 올려 경기를 마무리 지을 수 있었다.

카디널스는 팀의 주축 셋업맨으로 활동하는 오성환을 내주며 세이브 상황일 때만 등판시킬 수 있다는 조건을 걸었다.

세이브 상황을 만들려면 통상 점수 차가 3점 이내로 줄어들어야 했다.

하지만 만약 이 상황에서 한정훈을 올린다면 4점 차 리드가 유지될 가능성이 높았다.

'불펜이 무실점으로 막으면 정훈이를 올리고 세이브 여건이 만들어지면 성환이를 올리면 되겠지.'

김인선 감독이 머릿속으로 생각을 정리했다.

그러는 사이 불펜으로 되돌아간 양상운 코치는 한창 몸을 풀던 한정훈을 대신해 트윈스 시절 애제자였던 임정운을 호명했다.

"정운아! 준비해라."

"넵! 감독님!"

임정운도 기다렸다는 듯이 글러브를 챙겨 들고 마운드로

뛰어갔다.

그 모습이 중계 카메라를 통해 전국으로 송출됐다.

-아, 한정훈 선수가 아니라 임정운 선수가 나옵니다.

-한정훈 선수, 아직 베스트 컨디션이 아닌 모양이죠?

-오늘 투입될 예정이라고 전해 들었는데 혹시 몸에 문제라도 있는 걸까요?

-뭐 임정운 선수도 트윈스에서 잘 던지던 투수니까 1이닝 정도는 충분히 막아줄 것이라 기대합니다.

허구은은 임정운도 충분히 좋은 투수라며 한참 동안 떠들어 댔다.

그러면서 한정훈이 등판하지 않더라도 대표팀은 충분히 강하며 이길 수 있다고 단언하듯 말했다.

하지만 주심의 스트라이크존을 제대로 파악하지 못한 임정운이 두 타자 연속 사사구로 주자를 내보내자 허구은은 언제 그랬냐는 것처럼 입을 다물어버렸다.

-무사 주자 1, 2루. 위기입니다. 아무래도 투수를 바꿔야 할 것 같은데요.

캐스터의 목소리를 듣기라도 한 듯 현지 카메라가 불펜에서 몸을 풀고 있는 한정훈의 모습을 담았다.

경기를 지켜보는 팬들도 임정운을 대신해 한정훈이 마운드에 오르길 바랐다.

"아……."

김인선 감독은 솜처럼 투수 교체를 결정하지 못했다.

점수 차이를 떠나 지금껏 궂은일을 도맡아 해왔던 임정운에게 만회할 기회를 주고 싶었다.

여기서 한정훈을 투입한다면 임정운에게 두고두고 상처가 될 것 같았다.

"괜찮을 겁니다. 제구만 잡히면 쉽게 칠 수 있는 공이 아닙니다."

양상운 코치도 옆에서 김인선 감독의 마음을 흔들었다.

다른 불펜 투수들을 놔두고 일부러 애제자였던 임정운을 올렸는데 이대로 강판되게 내버려 둘 수는 없는 노릇이었다.

하지만 애석하게도 임정운은 양상운 코치의 기대에 부응하지 못했다.

따악!

임정운의 초구가 높게 들어가자 1번 타자 디 오든이 기다렸다는 듯이 잡아당겨 우익선상에 안타를 때려냈다.

좌익수에 들어가 있던 손하섭이 공을 잡기가 무섭게 홈으로 내던졌지만 2루 주자 스탈린 카이스트로가 홈으로 들어오는 걸 막지 못했다.

"하아, 미치겠네."

포수 마스크를 쓰고 있던 강의지의 얼굴이 와락 일그러졌다.

바깥쪽 빠지는 공을 요구했는데 한가운데 높은 패스트볼이라니.

메이저리그에서도 수위 타자 자리를 놓고 다투는 디 오든이 그런 공을 놓칠 리 없었다.

게다가 발 빠른 디 오든은 손하섭이 홈으로 송구한 틈을 노려 2루까지 파고든 상황이었다.

무사 1, 3루와 무사 2, 3루는 느낌부터 달랐다.

실제로 임정운은 온몸을 짓누르는 듯한 부담감에 투수판조차 제대로 밟지 못하고 있었다.

"타임."

강의지는 마스크를 벗고 더그아웃 쪽에 신호를 보냈다. 그리고 시간을 벌기 위해 마운드에 올랐다.

"양 코치, 정훈이 준비시켜요."

강의지의 사인을 확인한 김인선 감독이 송진운 투수 코치에게 지시했다.

송진운 투수 코치는 다시 불펜 쪽에 김인선 감독의 뜻을 전했다.

그러자 양상운 코치가 당혹스런 표정을 지었다.

"정훈이 몸 풀 시간이 조금 더 필요합니다."

임정운을 믿고 한정훈에게 대기하라고 지시를 내린 탓에 한정훈의 어깨가 식어버린 것이다.

　결국 김인선 감독은 강의지를 불러 2번 타자 에이던 이튼을 거르라고 지시했다.

　미국 대표팀 중심 타자들의 면면만 놓고 보자면 말도 안 되는 작전이었지만 한정훈이라면 어떻게든 이 위기를 넘어가 줄 것이라고 믿었다.

　초구부터 제구가 흔들렸던 임정운은 공 네 개를 힘겹게 내던지고는 마운드를 내려왔다.

　그리고 임정운을 대신해 한정훈이 구원 등판에 나섰다.

50장
한미 올스타전(2)

-드디어 나옵니다. 한정훈 선수입니다!

　한정훈의 등장에 캐스터가 크게 소리쳤다.
　중계 카메라에 한정훈의 얼굴이 잡힌 것만으로도 왠지 모
를 안도감이 피어올랐다.
　하지만 허구은은 제아무리 한정훈이라도 쉽지 않을 것이
라며 초를 쳤다.

　-한정훈 선수, 신중하게 투구해야 합니다. 괜히 승부하겠
다고 덤벼들었다간 경기를 내주게 될 수 있습니다.

허구은의 염려는 과하지 않았다. 무사 만루의 찬스가 하필 중심 타선에 걸린 상황이었다.

게다가 미국 올스타 대표팀의 중심 타자들은 친선 경기가 맞나 싶을 정도로 화려했다.

3번 타자 브레이브스 하퍼.

4번 타자 마이클 트라우스.

5번 타자 놀란 아레나스.

서로 약속이나 한 것처럼 올 시즌 50개가 넘는 홈런을 때려 낸 메이저리그를 대표하는 강타자들이 포진해 있었다.

게다가 3번 타자 브레이브스 하퍼와 5번 타자 놀란 아레나스는 선발투수 윤성민을 상대로 홈런까지 때려냈다.

한창 타격감이 오른 중심 타선 앞으로 무사 만루 밥상이 차려졌으니 이보다 더 큰 위기는 없을 것 같았다.

―한정훈 선수, 무사 만루 상황에서 강타자 브레이브스 하퍼를 상대합니다.

―브레이브스 하퍼 선수, 오늘 컨디션이 좋죠? 4회 홈런도 때려냈으니 아마 큰 걸 노릴 겁니다. 한정훈 선수, 절대적으로 공을 낮게 던져야 합니다.

허구은이 신중한 피칭을 요구했다.

특히나 힘 있는 타자들에게 높은 코스는 위험하다며 몇 번이고 언급했다.

하지만 강의지를 대신해 포수 마스크를 쓴 강민오의 초구 사인은 놀랍게도 몸 쪽 높은 볼이었다.

'아까 성민이 형한테 홈런을 치고 까불어 댔지?'

한정훈이 가볍게 고개를 끄덕거렸다.

초구부터 위협구를 던진다는 게 썩 달갑진 않았지만 그라운드를 돌며 보란 듯이 괴성을 내질렀던 브레이브스 하퍼의 버르장머리는 고쳐 줘야 할 것 같았다.

"후우……."

길게 숨을 내쉬며 한정훈이 투수판을 밟았다.

그러자 브레이브스 하퍼가 씩 웃으며 방망이를 들어 올렸다.

'어디 얼마나 대단한 공을 던지나 지켜볼까?'

브레이브스 하퍼는 한정훈의 공이 빨라 봐야 윤성민과 별반 차이가 없을 것이라고 여겼다.

하지만 한정훈의 손끝을 빠져나온 공이 쏜살같이 날아들자 히죽거리던 브레이브스 하퍼의 얼굴이 하얗게 질려 버렸다.

'이런 젠장할!'

놀랍게도 공은 브레이브스 하퍼의 머리 쪽으로 날아들

었다.

어지간한 위협구에는 눈 하나 까딱하지 않는 브레이브스 하퍼지만 이번만큼은 뒷걸음질을 치지 않을 수가 없었다.

퍼어엉!

쭉 뻗은 강민오의 미트 속에서 오싹한 포구음이 퍼져 나왔다.

"저 자식이!"

강민오의 포구 위치를 확인한 브레이브스 하퍼가 신경질적으로 방망이를 내던졌다.

이건 누가 봐도 명백한 위협구였다.

친선 경기에서 메이저리그 스타플레이어를 상대로 이딴 위협구를 던지다니.

도저히 참을 수가 없었다.

하지만 정작 한정훈은 아무런 대응조차 하지 않았다.

강민오에게 공을 돌려받고는 아무 일도 없었다는 듯 툭툭 로진 백을 두드렸다.

그 모습이 어찌나 자연스럽던지 성을 내던 브레이브스 하퍼가 다 민망해질 정도였다.

"심판! 경고라도 줘야 하는 거 아니에요?"

브레이브스 하퍼는 고개를 돌려 구심에게 짜증을 냈다.

하지만 공식 경기가 아닌 친선 경기에서 공 하나 높게 들어왔다고 경고를 주기란 쉽지 않은 일이었다.

"젠장할!"

구심마저 묵묵부답으로 일관하자 브레이브스 하퍼가 마지 못해 방망이를 집어 들었다.

그 모습을 지켜본 관중들이 브레이브스 하퍼를 대신해 한 정훈을 향해 야유를 쏟아냈다.

"이 멍청한 자식! 대체 어디에다 공을 던지는 거야!"

"공 똑바로 못 던져?"

"그따위로 더럽게 야구 할 거면 당장 마운드에서 내려가! 한국으로 돌아가라고!"

"하퍼! 저딴 녀석에게 지지 마!"

일부 흥분한 관중들은 인종차별적인 발언까지 서슴지 않 았다.

만약 다른 메이저리그 2년 차 신인 투수가 실수로 위협구 를 던진 상황이었다면 주눅이 들어 공을 손에 쥐지도 못했을 터였다.

하지만 한정훈은 귓가를 먹먹하게 울리는 관중들의 야유 소리가 별로 신경 쓰이지 않았다.

올 시즌 리그에서 가장 많은 원정경기를 치른 선발투수로 꼽힌 한정훈에게 이 정도 욕지거리쯤은 우습지도 않았다.

"후우……."

손바닥에 묻은 로진 가루를 길게 불어낸 뒤 한정훈이 강민 오를 바라봤다.

강민오는 2구째도 몸 쪽 높은 패스트볼을 요구했다.

단, 코스는 스트라이크.

스트라이크를 잡으면서 브레이브스 하퍼도 함께 자극해보자는 이야기였다.

"아무튼 민오 형은 못 말린다니까."

한정훈이 피식 웃음을 흘렸다.

공격적인 리드로 첫 손에 꼽히는 박기완과 두 시즌째 호흡을 맞추고 있지만 강민오의 엉뚱하면서도 허를 찌르는 주문은 가끔 당혹스러울 정도였다.

그러나 한정훈은 고개를 흔들지 않았다. 강민오가 원하는 게 머릿속에 그려졌기 때문이다.

'저 녀석, 몸 쪽 높은 공을 잡아당겨 홈런을 때려내는 게 취미라고 했지?'

한정훈의 머릿속으로 전력 분석팀이 준 자료가 떠올랐다.

몸 쪽 높은 코스의 스트라이크가 안타를 맞을 확률은 44.3퍼센트.

몸 쪽 높은 볼이 얻어맞을 확률은 33.3퍼센트.

배트 스윙도 빠르고 잡아당기는 데 능한 브레이브스 하퍼의 타격 스타일상 실점 위기 상황에서 몸 쪽 공은 금지 구역이나 마찬가지였다.

하지만 한정훈은 묵묵히 포심 패스트볼 그립을 움켜잡았다.

그리고 강민오의 미트를 향해 있는 힘껏 공을 내던졌다.

'이 자식이!'

한정훈의 공이 몸 쪽으로 날아들자 브레이브스 하퍼의 눈매가 일그러졌다.

초구처럼 얼굴 쪽으로 날아들지는 않았지만 몸 쪽에 붙는 패스트볼이라는 것만으로도 미처 털어내지 못한 감정이 되살아나는 기분이었다.

'어림없다!'

브레이브스 하퍼는 울분을 담아 방망이를 휘돌렸다.

한정훈의 공이 생각보다 빠르긴 했지만 자신의 스윙이라면 얼마든지 맞춰낼 수 있다고 여겼다.

그런데…….

퍼엉!

방망이가 미처 허리를 빠져나오기도 전에 묵직한 포구음이 귓가에 울려 퍼졌다.

"……!"

시원스럽게 헛스윙을 하고 만 브레이브스 하퍼의 얼굴이 딱딱하게 굳어졌다.

그리고 반사적으로 전광판을 바라봤다.

102mile/h($\fallingdotseq$164.2km/h)

믿기 어려운 구속이 전광판에 선명하게 찍혀 있었다.

순간 관중석이 술렁거렸다.

초구에 96mile/h(≒154.5㎞/h)에 불과했던 패스트볼 구속이 순식간에 10㎞/h이상 높아지자 충격을 받은 것이다.

하지만 관중들보다도 브레이브스 하퍼가 받은 충격이 더 컸다.

경기를 앞두고 시디 파크 전광판 구속은 3mile/h이 더 나오도록 조작된 상태였다.

오프 시즌에 열리는 경기라고는 하지만 리그 주축 투수들이 참여하는 만큼 팬들에게 형편없는 구속을 보여줄 수 없다는 판단에서였다.

덕분에 올 시즌 최고 구속이 152㎞/h에 불과했던 윤성민도 96mile/h의 불같은 강속구를 던지는 투수로 변신할 수 있었다.

물론 선수들에게는 전광판 구속 조작 사실이 통보가 된 상태였다.

브레이브스 하퍼도 전광판에 찍힌 102mile/h이라는 구속이 뻥튀기 된 구속이라는 사실을 알고 있었다.

하지만 2구째 들어온 공은 정말로 102mile/h의 공처럼 느껴졌다.

아니, 그 정도 빠르기가 아니고서야 자신이 스윙하기도 전에 포수 미트 속에 공이 처박힐 수는 없을 것 같았다.

"후우……."

길게 한숨을 내뱉으며 브레이브스 하퍼는 방망이를 고쳐 잡았다.

그리고 매서운 눈으로 한정훈을 바라봤다.

2구째 날아든 공 하나만으로 한정훈이 결코 만만찮은 투수라는 사실을 알아챈 것이다.

'허, 빠르다 빨라.'

순식간에 달라진 브레이브스 하퍼의 태도에 강민오가 혀를 내둘렀다.

몸값 높은 용병 타자들도 공 한 번 스쳐 보지 못하고 삼진 정도는 당해봐야 한정훈을 인정하는데 브레이브스 하퍼는 공 하나만에 눈빛이 달라졌다.

이게 메이저리그 타자들의 진면목이라고 생각하니 왠지 모르게 등골이 오싹해질 지경이었다.

하지만 강민오는 브레이브스 하퍼의 기세에 주눅 들지 않았다.

자신에게 공을 던지는 투수가 다름 아닌 한정훈이기 때문이었다.

'좋아! 어디 한번 해보자.'

강민오는 3구째 처음으로 바깥쪽으로 미트를 움직였다.

구종은 투심 패스트볼.

투구판 왼쪽 끝을 밟고 던지는 한정훈의 투구 스타일상 좌타자가 히팅 포인트를 찾기 쉽지 않은 코스였다.

게다가 올 시즌 한정훈이 던지는 투심 패스트볼의 움직임은 상당했다.

동부 리그 최고의 용병으로 꼽히는 조이 갈로우의 말에 따르면 한가운데로 날아드는 것처럼 보이다 마지막 순간에 시야 밖으로 사라지는 느낌이라고 했다.

사인을 확인한 한정훈은 이번에도 고개를 끄덕였다.

그리고 글러브 안에서 투심 패스트볼 그립으로 고쳐 잡은 뒤 강민오의 미트를 향해 공을 내던졌다.

후아앗!

한정훈의 손끝을 빠져나간 공이 실투처럼 한가운데로 날아들었다.

하지만 브레이브스 하퍼는 쉽게 말려들지 않았다.

매서운 눈으로 공의 궤적이 2구와 다르다는 걸 알아챈 것이다.

'투심!'

브레이브스 하퍼는 동영상을 통해 봤던 한정훈의 투심 패스트볼 궤적을 떠올리며 방망이를 휘둘렀다.

그 순간 따악 하는 소리가 경기장에 울려 퍼졌다.

"그렇지!"

"넘어가라! 넘어가라!"

타구가 높이 치솟자 관중들은 한목소리로 홈런을 외쳤다.

하지만 정작 브레이브스 하퍼는 또다시 방망이를 내동댕이쳤다.

"젠장할!"

거의 다 잡았다고 생각했는데 공이 마지막 순간 바깥쪽으로 꺾여 나가면서 방망이 끝부분에 걸려 버렸다.

덕분에 타구는 더 이상 힘을 받지 못하고 오른쪽 외야 파울 지역으로 고꾸라지기 시작했다.

"이거 잡아야 하는 거야?"

부지런히 타구를 좇던 김현우가 곤욕스러운 표정을 지었다.

타구가 제법 멀리 밀려 온 탓에 포구할 경우 3루 주자가 태그 업을 할 가능성이 높았다.

하지만 무사 만루 상황에서 한 점을 막기 위해 아웃 카운트를 늘릴 기회를 버린다는 것도 현명한 선택은 아니었다.

"젠장, 잡자!"

김현우가 추락하는 파울 타구를 향해 글러브를 들어 올렸다.

그 순간.

"……!"

김현우의 시야로 자신을 똑바로 바라보는 한정훈의 얼굴이 들어왔다.

'이런!'

잠깐 사이에 타구를 놓친 김현우가 머리를 감싸며 앞쪽으로 몸을 웅크렸다.

그러자 허구은의 입에서 장탄식이 터져 나왔다.

—아아! 저건 잡았어야죠. 한 점을 내주더라도 저건 잡았어야 했습니다. 김현우 선수, 대체 무슨 생각을 한 건지 모르겠네요.

뒤늦게 캐스터가 조명에 타구가 들어간 것인지도 모른다고 김현우를 두둔했지만 분위기는 달라지지 않았다.

허구은은 마치 역전 만루 홈런이라도 얻어맞은 것처럼 한숨만 내쉬었다.

메이저리그 최고의 강타자 중 한 명으로 꼽히는 브레이브스 하퍼를 파울 플라이로 잡아낼 수 있는 절호의 기회를 놓쳤으니 한정훈도 흔들리고 말 것이라고 단언했다.

"정훈아, 괜찮지?"

더그아웃을 대신해 강민오가 서둘러 마운드에 올랐다.

평소답지 않은 김현우의 실수 때문에 한정훈이 흔들리기라도 할까 봐 걱정한 것이다.

그러나 정작 한정훈은 웃음을 참지 못했다.

"뭐야? 너 웃냐?"

"그럼 울어요?"

"헐…… 넌 이 상황이 재미있냐?"

"재미없을 건 또 뭐예요?"

"야, 인마. 긴장감 좀 가져라. 오프 시즌이라 해도 브레이브스 하퍼야."

강민오가 살짝 언성을 높였다.

한정훈의 승부 근성을 모르는 바는 아니지만 무사 만루에 브레이브스 하퍼를 상대하는 상황이었다.

그러나 한정훈의 생각은 달랐다.

"볼카운트는 내가 더 유리하거든요?"

투 스트라이크 원 볼.

타자가 누구이건 간에 볼카운트는 투수에게 절대적으로 유리했다.

게다가 브레이브스 하퍼는 포심 패스트볼은 물론 투심 패스트볼에도 타이밍을 맞추지 못하고 있었다.

한정훈은 메이저리그 스타플레이어라는 이유만으로 희생 플라이를 선물해 주고 싶은 마음은 추호도 없었다.

"걱정 말고 리드나 확실히 해주세요."

한정훈이 씩 웃으며 말했다.

"하아, 내가 널 어떻게 이기겠냐?"

강민오가 질렸다며 고개를 절레절레 흔들어 댔다.

그 모습이 미국 중계진의 시선을 잡아끌었다.

-한국의 배터리. 서로 의견이 맞지 않은 모양인데요?

-하지만 코리안 쇼크는 웃고 있네요.

-그렇네요. 저 웃음의 의미는 뭘까요? 당황? 허탈함?

-글쎄요. 그 답은 4구를 보면 알 수 있겠죠.

포수석으로 돌아간 강민오는 한정훈의 소원대로 몸 쪽에 미트를 가져다 댔다.

구종은 스플리터.

올 시즌 한정훈을 한 단계 도약할 수 있도록 만들어준 신무기였다.

'아직까진 브레이브스 하퍼의 스윙이 늦으니까 잘만 하면…… 삼진을 잡아낼 수 있어!'

강민오는 한정훈의 스플리터가 제대로 떨어지길 바랐다.

그리고 브레이브스 하퍼가 그 공을 포심 패스트볼이라 착각하고 반 타이밍 빠르게 스윙해 주길 바랐다.

그런 강민오의 바람을 야구의 신이 전해 들은 것일까.

상상이 현실이 되었다.

홈 플레이트에 도착하기 직전에 갑자기 궤적을 바꾸어 가라앉기 시작한 한정훈의 스플리터.

그 변화를 미처 따라가지 못하고 시원한 헛스윙을 하고 만 브레이브스 하퍼.

−한정훈! 한정훈! 한정후우우우우우우운!

−하아, 삼진이네요.

−한정훈 선수가 내셔널스의 강타자 브레이브스 하퍼를 삼진으로 돌려 세웁니다!

−좋은 공을 던졌네요. 하지만 위험했어요. 브레이브스 하퍼 선수의 눈에 한정훈 선수의 공이 낯설었으니 망정이지 어느 정도 눈에 익은 상태였다면 결과는 달라졌을지 모릅니다.

−그래도 큰 산을 넘었는데 한정훈 선수에게 칭찬 한마디 해주시죠?

−아직은 방심하기 이릅니다. 이다음 타자는 마이클 트라우스예요.

캐스터가 호들갑을 떨며 분위기를 끌어올리려 노력했지만 허구은의 평가는 여전히 냉정했다.

한정훈이 좋은 승부를 펼쳤다고 말하면서도 힘으로 브레이브스 하퍼를 제압했다는 사실만큼은 부정했다.

반면 미국 중계진은 브레이브스 하퍼를 허수아비로 만들어버린 한정훈의 피칭에 반쯤 넋이 나간 반응이었다.

−와우!

−봤나요? 이게 바로 코리안 쇼크의 대답입니다.

−브레이브스 하퍼, 헛스윙 삼진으로 물러납니다.

-코리안 쇼크, 아니, 한정훈. 정말 대단한 공을 던지네요.

-브레이브스 하퍼의 방망이가 전혀 따라가지 못한 것처럼 보입니다.

-한정훈의 공을 때려내기 위해 히팅 포인트를 앞쪽으로 끌고 갔던 게 악영향을 미쳤습니다.

-와우! 코리안 쇼크! 지금 좌익수에게 엄지를 추켜세우고 있는데요!

-하하, 정말 대단한 투수네요. 저건 브레이브스 하퍼를 삼진 잡을 수 있게 파울 타구를 놓쳐 줘서 고맙다고 인사하는 거 같은데요?

-이 장면을 봤다면 브레이브스 하퍼, 오늘 잠을 이루지 못할 것 같습니다.

-하지만 한정훈이 이번 이닝을 완벽하게 틀어막아 버린다면 생각이 바뀔지도 모르겠습니다.

운이 좋았다는 허구은의 평가와는 달리 미국 중계진은 한정훈의 압도적인 피칭이 계속될 것이라고 예상했다.

그리고 그 예상은 정확하게 맞아떨어졌다.

퍼엉!

한정훈이 초구로 내던진 포심 패스트볼이 바깥쪽 꽉 찬 코스에 꽂혔다.

"장난 아닌데?"

4번 타자 마이클 트라우스가 혀를 내둘렀다.

브레이브스 하퍼의 타석을 눈여겨보긴 했지만 막상 타석에 들어서니 체감 구속이 어마어마하게 느껴졌다.

타석에서 한 발 물러선 마이클 트라우스는 전광판을 바라봤다.

103mile/h(≒165.8㎞/h)

강속구 투수들이 즐비한 메이저리그에서도 쉽게 접하기 어려운 구속이었다.

프라이버시 보호 차원에서 덧붙여진 추가 구속을 빼더라도 마찬가지였다.

100mile/h

시속으로 환산하면 무려 161㎞/h였다.

"후우……."

마이클 트라우스가 길게 숨을 골랐다.

브레이브스 하퍼가 벌게진 얼굴로 자신을 스쳐 지날 때만 하더라도 처음에 날아든 위협구 때문인 줄로만 알았다.

하지만 막상 초구를 지켜보니 브레이브스 하퍼의 심정이 이해가 갔다.

한창 컨디션이 좋을 때도 아니고 마지못해 참가한 친선 경기에서 이런 무지막지한 공이 날아든다면 화가 날 수밖에 없었다.

그러나 마이클 트라우스는 브레이브스 하퍼처럼 흥분하지 않았다.

대신 이 상황을 즐기려 노력했다.

'코리안 쇼크! 브레이브스 히퍼하고만 놀지 말고 나에게도 승부를 걸어 달라고!'

타석에 들어선 마이클 트라우스의 입가를 타고 웃음이 번졌다.

그러자 한정훈이 기다렸다는 듯이 2구를 내던졌다.

후아앗!

한정훈의 손끝을 빠져나간 공이 순식간에 마이클 트라우스의 몸 쪽으로 비틀리며 꺾여 들어갔다.

투심 패스트볼.

전 타석에서 좌타자 브레이브스 하퍼의 타이밍을 빼앗았던 그 공이 이번에는 우타자 마이클 트라우스를 농락하듯 파고든 것이다.

마이클 트라우스가 있는 힘껏 방망이를 휘둘러 봤지만 공의 그림자조차 스치지 못했다.

―와우! 전광판을 보세요. 99mile/h이 나왔습니다.

―한정훈, 정말 좋은 공을 던졌습니다.

―제 눈에는 투심 패스트볼이 마치 살아 있는 뱀처럼 마이

클 트라우스의 몸 쪽을 파고든 것처럼 보였는데요.

–그래서 한국에서는 저 공을 가리켜 뱀 직구라고 부른답니다.

미국 중계진이 한정훈의 과감한 몸 쪽 승부에 감탄을 늘어놓는 사이 강민오가 3구째 사인을 냈다.

'그래도 메이저리거인데 하나 정도는 빼자.'

강민오는 바깥쪽으로 빠지는 포심 패스트볼을 요구했다.

4구째 승부를 보기 위한 목적구로 보여줄 요량이었다.

한정훈은 강민오의 요구대로 바깥쪽에 공 두 개 정도 빠지는 포심 패스트볼을 내던졌다.

파앙!

볼카운트가 몰린 상황이었지만 마이클 트라우스는 침착하게 공을 골라냈다.

투 스트라이크 원 볼.

여전히 유리한 볼카운트 속에서 강민오가 회심의 4구 사인을 냈다.

슬쩍 입가를 말아 올린 한정훈이 있는 힘껏 공을 내던졌다.

후아앗!

포심 패스트볼처럼 빠르게 회전하는 공이 바깥쪽 스트라이크존으로 날아들었다.

'일단 걷어내자!'

마이클 트라우스는 지체 없이 방망이를 내밀었다.

투 스트라이크로 몰린 상황에서 스트라이크존 주변으로 날아드는 공은 어떻게든 때려낼 수밖에 없었다.

하지만 포심 패스트볼인 줄로만 알았던 공은 마지막 순간에 바깥쪽으로 도망치듯 궤적을 꺾어버렸다.

커터.

브레이브스 하퍼만큼이나 시원한 헛스윙을 한 마이클 트라우스가 고개를 절레절레 흔들며 타석에서 내려갔다.

─한정후우우운! 삼진입니다! 브레이브스 하퍼에 이어 마이클 트라우스까지 삼진으로 잡아냅니다아아!

캐스터가 내지르는 함성 소리에 한국 중계석이 들썩거렸다.

한정훈의 호투가 이어지면서 허구은의 목소리가 실종됐다시피 했지만 홀로 세 사람 몫을 해내는 캐스터의 맹활약 덕분에 허구은의 빈자리가 크게 느껴지지 않았다.

"이제 좀 살겠네."

무사 만루의 위기 때부터 제대로 숨조차 쉬지 못했던 김인선 감독도 가슴을 쓸어내렸다.

빠른 공을 앞세워 윽박지르는 한정훈의 투구가 미국 대표 팀 중심 타자들에게 통하지 않을까 봐 내심 조마조마했었는 데 브레이브스 하퍼와 마이클 트라우스를 연속 삼진으로 돌려 세우는 걸 보니 괜한 걱정을 한 기분마저 들었다.

"9회는 어떻게 할까요?"

투수 코치 송진운이 김인선 감독에게 다가와 물었다.

아직 아웃 카운트가 하나 남아 있었지만 오성환을 쓰려면 미리 불펜에 연락을 취해야 했다.

"성환이 준비시켜야지."

김인선 감독은 당연하다는 듯이 말했다.

오늘 한정훈의 등판은 현지 적응 차원에서 이루어진 일이 었다.

국내 최고의 투수를 어리고 뒤늦게 합류했다는 이유만으로 불펜에서 썩게 만들 생각은 없었다.

게다가 점수는 세이브 상황인 3점 차이로 좁혀져 있었다.

한정훈이 남은 아웃 카운트 하나를 책임져 준다면 더 무리시키지 않고 9회 초에 마무리 오성환을 올리는 게 최선이 었다.

"알겠습니다."

송진운 코치가 불펜에 전화를 넣어 오성환을 준비시키라고 전했다.

그러는 사이 5번 타자 놀란 아레나스가 타석에 들어섰다.

-놀란 아레나스 선수, 오늘 홈런을 하나 때려냈는데요.

-정말로 산 넘어 산이죠? 인지도면에서는 브레이브스 하퍼나 마이클 트라우스 선수에게 밀리지만 실력은 결코 뒤처지지 않는 타자입니다. 한정훈 선수. 마지막까지 긴장의 끈을 놓쳐서는 안 됩니다.

허구은의 말이 떨어지기가 무섭게 한정훈이 초구를 내던졌다.

그리고 그 공은 놀란 아레나스의 몸 쪽을 매섭게 파고들었다.

'온다……!'

놀란 아레나스는 기다렸다는 듯이 방망이를 휘둘렀다.

몸 쪽에 꽉 차게 들어오는 패스트볼은 그가 가장 좋아하는 메뉴 중 하나였다.

하지만 놀란 아레나스의 귓가에 울린 건 시원시원한 타격음이 아니라.

퍼엉!

미트 가죽이 찢어질 듯한 묵직한 포구음이었다.

'허……!'

놀란 아레나스의 고동색 눈동자가 크게 흔들렸다.

타이밍이 맞진 않았지만 적어도 방망이에는 걸릴 것이라 여겼다.

그런데 공은 방망이가 허리를 빠져나오기 전에 먼저 홈 플레이트를 꿰뚫고 지나가 버렸다.

'이거 오타니 쇼헤보다도 빠르잖아?'

처음 타석에 들어섰을 때까지만 해도 놀란 아레나스는 한정훈이 오타니 쇼헤 정도의 투수라고 여겼다.

한정훈을 무시하는 건 아니지만 그래 봐야 오타니 쇼헤 수준을 벗어나지 못할 것이라고 생각했다.

그렇다고 놀란 아레나스가 오타니 쇼헤를 무시하는 건 결코 아니었다.

정확하게 말하자면 그 반대였다.

작년 어마어마한 금액을 받고 일본에 진출해 100mile/h의 패스트볼을 뿌려대던 키 큰 일본 투수의 공은 확실히 빨랐다.

첫 대결에서 헛스윙 3구 삼진을 당했을 때는 마치 악몽을 꾼 것 같은 기분마저 들었다.

작년 두 차례 맞대결 결과는 5타수 무안타 1타점.

희생 플라이로 타점 하나 올린 게 전부였다.

하지만 놀란 아레나스는 오타니 쇼헤가 두렵지 않았다.

빠른 공을 던지는 좋은 투수인 건 확실했지만 이기지 못할 거란 생각은 들지 않았다.

어쩌면 당연한 일.

놀란 아레나스가 속한 로키스는 내셔널리그 서부 지구에

속해 있다.

그리고 내셔널리그 서부 지구에는 메이저리그 전체를 통틀어 최고라 불릴 만한 투수가 즐비했다.

다저스의 에이스 클레이튼 커셔.
자이언츠의 에이스 에디슨 범가너.
다이아몬드 백스의 에이스 잭 그레이키.

비록 구속은 오타니 쇼헤이만 못했지만 마운드 위에만 서면 그 누구보다 압도적인 구위를 뽐내는 최고의 투수들을 일주일에 한 번 꼴로 상대하다 보면 오타니 쇼헤이 같은 유형의 투수는 차라리 마음이 편했다.

설사 삼진을 먹고 물러나더라도 농락당한 것 같은 비참함은 들지 않았다.

그런 점에서 놀란 아레나스는 한정훈과 오타니 쇼헤이를 비슷한 부류로 봤다.

그리고 한정훈이 초구를 내던졌을 때 자연스럽게 오타니 쇼헤이의 패스트볼을 떠올렸다.

하지만 처음에는 오타니 쇼헤이와 비슷한 느낌으로 날아들던 공은 중반 이후부터 전혀 다른 공이 되어버렸다.

마치 부스터라도 단 것처럼 공이 눈에 익을 틈조차 주지 않고 18미터를 통과해 버렸다.

그보다 놀라운 건 포구 위치.

한정훈의 릴리스 포인트를 감안했을 때 공은 자신의 무릎 아래쪽을 파고들어야 했다.

그런데 정작 강민오의 미트는 무릎과 옆구리 사이에 들려 있었다.

'공이 떨어지질 않다니.'

이 세상에 라이징 패스트볼은 존재하지 않는다지만 타석에서의 느낌만으로는 마지막 순간 공이 치솟아버린 것 같았다.

그런 공이 99mile/h(전광판 기준 102mile/h)의 속도로 날아들었다.

그것도 완벽하게 제구가 된 채로.

단언하긴 어렵겠지만 이런 공은 오타니 쇼헤도 던지지 못할 것 같았다.

한참 동안 숨을 고르던 놀란 아레나스가 방망이를 고쳐 잡았다.

그리고 한결 매서워진 눈으로 한정훈을 노려봤다.

한정훈에게 억지로 덧씌웠던 오타니 쇼헤의 이미지는 깨끗이 지워 버렸다.

그러자 한정훈이 더욱 위압적으로 느껴졌다.

190㎝가 넘는 오타니 쇼헤는 마치 거인 같은 느낌이었다.

긴 팔과 다이내믹한 투구 폼을 최대한 끌어내 공을 던지기 때문에 투구 동작부터 압박이 밀려들었다.

반면 한정훈은 오타니 쇼헤보다 키가 작았다.

체격은 조금 더 다부져 보였지만 오타니 쇼헤만큼 팔이 길지도 않았고 투구 폼이 와일드하지도 않았다.

그런데도 한정훈의 손끝을 떠난 공은 마법이라도 걸린 것처럼 매섭게 날아들었다.

투구 폼에 이중 동작 같은 게 없으니 한정훈의 손끝만 노려보면 되는데도 타이밍을 잡기가 어려웠다.

'지금이 베스트가 아냐. 저 녀석, 더 빠른 공을 던질 수 있어.'

놀란 아레나스가 힘껏 이를 악물었다.

아직 정점에 올라서지 않은 한정훈에게 벌써부터 쩔쩔맸다간 나중에 천적 관계가 만들어질지 몰랐다.

'아오, 저 눈빛 봐라. 무서워 죽겠네.'

놀란 아레나스를 힐끔 바라보던 강민오가 슬그머니 바깥쪽으로 엉덩이를 움직였다.

덩달아 미트도 놀란 아레나스에게서 멀어졌다.

'너무 패스트볼만 던졌으니까.'

강민오는 손가락을 네 개를 폈다.

너클 커브.

패스트볼에 온 신경을 집중하고 있는 타자를 엿 먹이는 데 최고의 공이었다.

한정훈은 애써 올라가려는 입꼬리를 억눌렀다. 그리고 마치 포심 패스트볼을 던질 것처럼 분위기를 잡았다.

'온다!'

놀란 아레나스는 한정훈의 연기에 완전히 속아버렸다.

그래서 한정훈의 손끝에서 공이 빠져나오기가 무섭게 왼발로 지면을 받치며 있는 힘껏 허리를 휘돌렸다.

하지만…….

"……!"

홈 플레이트를 향해 빠르게 날아들어야 할 공은 너울너울 춤을 추며 놀란 아레나스의 시야를 어지럽혔다.

그것으로도 모자라 바깥쪽 스트라이크존을 절묘하게 통과하며 구심의 스트라이크 콜을 이끌어냈다.

-와아우! 이건 뭐죠?

-커브네요.

-너클 볼 아닌가요?

-너클 커브죠.

-아뇨. 제 눈에는 너클 볼 같았습니다.

-확실한가요?

-그럼요!

-다행이네요. 저는 제가 잘못 본 줄 알았거든요.

한정훈이 처음으로 구사한 너클 커브에 미국 중계진은 또 다시 들썩거렸다.

특히나 너클볼성 흔들림이 가미된 것 같은 무빙을 보고는 흥분을 감추지 못했다.

그것은 아슬아슬하게 공을 잡은 강민오도 마찬가지였다.

'뭐야, 이 자식? 대체 뭘 던진 거야?'

아시안 게임 때까지만 하더라도 한정훈이 던지는 너클 커브는 이 정도로 무브먼트가 심하지 않았다.

일반적인 투수들이 던지는 너클 커브와는 달랐지만 그래도 너클볼보다는 커브에 가까운 공이었다.

그런데 올 시즌에 무슨 짓을 한 건지 갑자기 무브먼트가 요란해졌다.

이건 정말로 너클 볼을 커브처럼 던지는 느낌마저 들었다.

마음 같아선 당장에라도 마운드에 올라가 한정훈의 옆구리를 꼬집어버리고 싶었다.

투수가 아무리 잘났어도 포수와 상의하지 않은 공을 멋대로 던지는 건 반칙이었다.

하지만 지금은 반쯤 넋이 나간 놀란 아레나스를 처리하는 게 먼저였다.

'자, 일단 이 녀석부터 처리하고 보자.'

강민오는 망설이지 않고 바깥쪽 패스트볼을 요구했다.

손가락은 두 개.

스플리터 사인이었다.

한정훈은 가볍게 고개를 끄덕거렸다. 그리고 미처 정신을 차리지 못한 놀란 아레나스를 향해 힘껏 공을 던졌다.

후아앗!

로진 가루를 튕기며 빠르게 날아든 공이 놀란 아레나스의 시야에 걸려들었다.

그러자 놀란 아레나스가 반사적으로 방망이를 내밀었다.

그러나 집중력이 떨어진 상황에서 대충 휘두른 방망이에 걸릴 만큼 한정훈의 공은 만만치 않았다.

퍼엉!

놀란 아레나스의 방망이를 피하듯 가라앉은 공이 강민오의 미트 속으로 빨려 들어갔다.

놀란 아레나스가 뒤늦게 방망이를 멈춰 세워보려 했지만 헤더는 진즉에 홈 플레이트 윗면을 지나가 버린 상태였다.

강민오는 구심의 콜을 기다리지 않고 곧바로 손가락으로 1루심을 가리켰다.

"아웃!"

1루심이 기다렸다는 듯이 주먹을 내돌렸다.

그렇게 무사 만루의 위기가 끝이 났다.

-한정훈 선수, 정말 말이 필요 없습니다. 이 엄청난 투구를 보고 뭐라고 말을 해야 할까요?

-확실히…… 좋은 투수네요.

-지금 허구은 해설위원께서 흥분을 참고 계시는데 괜찮습니다. 시원하게 한 말씀 해주시죠!

-잘 던졌습니다. 그것보다 더한 칭찬이 있을까요.

큰 것 한 방이면 경기가 뒤집힐 수 있는 상황을 잘 넘겼지만 허구은은 입안이 썼다.

물론 정말로 한정훈이 형편없는 투구로 경기를 망치길 바랐던 것은 아니었다.

다만 메이저리그 강타자들을 상대로 조금은 힘겨워하는 모습을 보여주길 기대했다.

하지만 한정훈은 세 타자를 연속 삼진으로 돌려세우며 무사 만루의 위기를 끊었다.

그것도 미국 올스타 대표팀이 자랑하는 중심 타선을 상대로 말이다.

브레이브스 하퍼와 마이클 트라우스, 놀란 아레나스는 소속 팀을 대표하는 타자였다.

메이저리그 사무국에서 선발 기준으로 밝힌 87년생 이후 선수 중에서도 실력으로는 첫 손에 꼽히는 이들이었다.

그런데 메이저리그에서도 내로라하는 선수들이 한정훈의 공을 공략해 보지도 못하고 물러나고 말았으니 더는 할 말이 없었다.

그렇다고 이대로 한정훈의 실력을 인정해 버리는 것도 쉽지가 않았다.

"내가 지금 몸 상태가 별로 좋지 않으니까 어지간하면 나한테 말 시키지 마요. 알았어요?"

허구은은 컨디션을 핑계로 입을 다물었다.

덕분에 캐스터만 분주해졌지만 다행히도 별다른 일은 일어나지 않았다.

9회 초 공격이 삼자범퇴로 끝이 나자 김인선 감독은 9회 말, 끝판대장 오성환을 마운드에 올렸다.

오성환은 6번 타자 폴 골드스미스에게 2루타를 허용했지만 7번 타자 블랭크 스위트하트와 8번 타자 스탈린 카이스트로, 9번 타자 케인 키어마이어를 범타로 돌려세우고 경기를 마무리 지었다.

최종 스코어는 6 대 3.

1승 3패로 몰린 한국 올스타 대표팀이 귀중한 2승을 챙기는 순간이었다.

승리투수는 7이닝 동안 호투한 윤성민에게 돌아갔다. 그리고 오성환이 시리즈 두 번째 세이브를 챙겼다.

8회 말 마운드에 올라 불을 끈 한정훈도 생애 첫 홀드를 챙겼다.

더불어 윤성민과 함께 인터뷰 대상자로까지 뽑혔다.

인터뷰어로는 메이저리그에서 미녀 리포터로 활약하고 있

는 제시 그레이시가 나섰다.

"안녕~"

170㎝에 호리병 몸매로 유명한 제시 그레이시가 몸에 딱 달라붙는 원피스를 입고 나타나자 윤성민은 물론 한정훈도 눈동자가 커졌다.

하지만 그것도 잠시. 짙은 화장을 한 제시 그레이시의 얼굴과 마주하자 한정훈이 언제 그랬냐는 듯 시선을 돌려 버렸다.

그런 줄도 모르고 제시 그레이시는 한정훈과 윤성민의 한가운데 서서 카메라 샤워를 즐겼다.

그렇게 한참 동안 기념 촬영이 이어진 뒤에야 제시 그레이시는 윤성민과 승리투수 인터뷰를 시작했다.

"오늘 팀을 승리로 이끌었는데 기분이 어때요?"

제시 그레이시는 시종일관 웃으며 윤성민을 상대했다.

질문 내용도 칭찬 일색이었다.

중간에 짓궂게 피홈런 이야기를 언급하긴 했지만 윤성민도 통역도 웃으며 인터뷰를 마칠 수 있었다.

하지만 한정훈의 인터뷰가 시작되자 제시 그레이시의 말투가 달라졌다.

"오늘 브레이브스 하퍼에게 처음으로 던진 공, 기억해요?"

"네, 기억합니다."

"솔직히 대답해 주세요. 손에서 빠진 건가요? 아니면 맞추려고 했던 건가요?"

제시 그레이시가 한정훈을 똑바로 노려봤다.

말은 하지 않았지만 어떻게 너 따위가 메이저리그 슈퍼스타인 브레이브스 하퍼에게 위협구를 던질 수 있느냐며 따지는 듯한 느낌이었다.

순간 중간에 낀 통역사가 마른 침을 꿀꺽 삼켰다.

이 질문을 곧이곧대로 전해도 될지 두려워진 것이다.

그러자 한정훈이 아무렇지도 않은 얼굴로 입을 열었다.

"빈볼이라는 소리 같은데 그건 아닙니다."

통역이 기다렸다는 듯 한정훈의 말을 옮겼다.

"정말인가요?"

제시 그레이시가 확인하듯 한정훈에게 되물었다.

"물론입니다."

한정훈이 담담히 고개를 끄덕였다.

정말 브레이브스 하퍼를 맞출 생각이었다면 얼굴 쪽으로 공을 던지지는 않았을 것이다.

"하지만 공이 손에서 빠진 것 같지는 않던데요."

제시 그레이시가 조롱하듯 말했다.

한정훈이 브레이브스 하퍼에게 던진 초구를 제외한 나머지 10개의 공은 완벽하게 제구가 됐다고 해도 과언이 아니었다.

그 정도로 정교한 제구력을 갖춘 투수는 메이저리그에서

도 손에 꼽힐 정도였다.

그러나 한정훈도 공이 손에서 빠졌다는 변명을 하려던 게 아니었다.

"아, 의사소통에 뭔가 착오가 있나 본데 공은 제대로 던졌습니다."

"네? 그게 무슨 말이죠? 제대로 던졌다니요?"

"브레이브스 하퍼는 앞선 타석에서 무례했습니다. 그래서 성민이 형을 대신해 제가 그에게 경고를……."

"저, 저기 한정훈 선수……!"

생각지도 못했던 대답에 통역이 다급히 말을 잘랐다.

한정훈의 말을 곧이곧대로 전달했다간 오해가 생길 가능성이 높아 보였다.

하지만 수많은 카메라에 에워싸인 상황에서 이제 와 말을 번복해 봐야 달라질 건 없었다.

"저는 괜찮으니까 있는 그대로 전해 주세요."

한정훈이 가볍게 웃었다.

그제야 통역이 주섬주섬 한정훈의 말을 전달했다.

"허……! 지금 본인이 무슨 소리를 하고 있는 건지 알고는 있나요?"

제시 그레이시가 어처구니없다는 표정을 지었다.

지금 한정훈은 빈볼까진 아니지만 위협구를 던졌다고 실토한 것이나 다름없었다.

그리고 결과적인 차이가 있을 뿐 빈볼과 위협구는 다를 게 없었다.

타자가 맞으면 빈볼.

타자를 맞출 뻔하면 위협구.

게다가 공은 브레이브스 하퍼의 머리 쪽으로 날아들었다.

브레이브스 하퍼가 피했으니 망정이지 자칫 잘못했다간 큰 부상을 당했을 터였다.

"아무래도 통역상의 문제 같은데 한정훈 선수에게 다시 한 번 물어봐 주시겠어요?"

제시 그레이시가 애써 분을 삼켰다.

어쩌면 중간에 낀 통역사가 뭔가 말을 잘못 전했을지도 모른다고 여겼다.

그러자 한정훈이 제시 그레이시를 똑바로 바라보며 되물었다.

"메이저리그에서 홈런을 허용한 투수를 자극하면 어떻게 됩니까?"

"뭐라고요?"

"제가 어려운 질문을 했나요?"

"그러니까 지금 정당했다고 말하고 싶은 건가요?"

제시 그레이시가 언성을 높였다.

브레이브스 하퍼의 홈런 세레모니가 조금 지나치긴 했지만 이벤트성 대회인 걸 감안하면 충분히 용납 가능한 범위였다.

하지만 한정훈의 생각은 전혀 달랐다.

"분명 먼저 시작한 건 브레이브스 하퍼입니다. 내게 사과를 듣고 싶다면 가서 브레이브스 하퍼에게 한국 야구를 무시한 것에 대한 사과를 받아 오세요."

한국에서도 한정훈은 스톰즈 타자들에게 날아드는 사사구를 그냥 넘기지 않았다.

하물며 한국과 미국, 양국의 야구 교류를 위해 어렵게 마련된 한미 올스타전에서 상대팀의 약을 올리듯 홈런을 때리고 크게 포효하며 그라운드를 도는데 그걸 그냥 내버려 둘 투수는 이 세상이 없었다.

그러나 제시 그레이시는 한정훈의 주장이 그저 억지처럼 느껴졌다.

"지금 그게 말이 된다고 생각해요?"

"말이 안 되는 건 뭔가요?"

"당신의 위협구 때문에 브레이브스 하퍼가 큰 부상을 당할 뻔했다고요. 당신, 브레이브스 하퍼의 연봉이 얼마인 줄이나 알아요?"

제시 그레이시가 브레이브스 하퍼의 몸값을 운운했다.

한정훈이 메이저리그의 관심을 받고 있다는 사실은 들어 알고 있지만 4천만 달러의 연봉을 받는 브레이브스 하퍼에는 미치지 못할 것이라고 여겼다.

"······라고 말하는데요?"

제시 그레이시의 말을 전하던 통역이 보란 듯이 눈매를 일그러뜨렸다.

그러자 한정훈이 피식 웃음을 흘렸다.

"그 정도 연봉을 받는 선수가 기본적인 매너를 모른다니 안타깝네요."

한정훈의 단호한 목소리가 중계 카메라를 타고 미국 전역으로 송출됐다.

자연스럽게 미국 전역에서 한정훈의 위협구에 관한 논쟁이 시작됐다.

ㄴ코리안 쇼크는 미쳤어. 브레이브스 하퍼의 버릇을 고쳐 주겠다고 했지만 얼굴에 던졌다고. 그건 브레이브스 하퍼를 죽이려고 한 거나 다름없어!

ㄴ맞아. 그 어떤 이유로도 위협구와 빈볼은 정당화될 수 없다고.

ㄴ무슨 헛소리야? 이건 브레이브스 하퍼가 잘못한 거야.

ㄴ맞아. 메이저리그의 암묵적인 룰을 메이저리거가 지키지 않으면 어쩌라는 거야?

누가 더 잘못했는지에 대해서는 의견이 분분했다.

하지만 누가 먼저 잘못했는지에 대해서는 대부분 브레이

브스 하퍼를 지목했다.

ㄴ지금 코리안 쇼크한테 열 받아 하는 놈들은 하나같이 인종차별주의자들이야. 이제 내후년이면 코리안 쇼크, 아니, 한정훈이 메이저리그로 올 텐네 그때도 이런 식으로 떠들까? 솔직히 말해봐. 정말 열이 받는 건 한정훈이 브레이브스 하퍼에게 위협구를 던진 게 아니잖아. 안 그래? 한정훈에게 브레이브스 하퍼가 삼진을 먹은 게 열 받은 거잖아. 그래서 괜히 위협구 가지고 물고 늘어지는 거잖아. 안 그래? 정말 그 정도 수준이라면 시즌 티켓은 일찌감치 환불하는 게 좋을 거다. 메이저리그는 너희들이 보기에 너무 수준이 높을 테니까.

일부 야구팬들이 한정훈을 향한 분노의 본질을 꼬집자 논쟁은 다시 위협구의 위험성 논란으로 변했다.

ㄴ만약 그 공을 브레이브스 하퍼가 맞았다고 생각해 봐!
ㄴ으으. 상상만으로도 끔찍해.
ㄴ국제 경기도 아니고 이벤트성 경기에서 브레이브스 하퍼가 다치기라도 한다면 그 책임은 누가 지는 거지? 메이저리그 사무국? 메이저리그 선수 협회? 아니면 한국? 코리안 쇼크가 책임질 건가?

ㄴ코리안 쇼크 연봉은 30만 달러도 되지 않는다고.

ㄴ뭐? 30만 달러? 허! 브레이브스 하퍼의 용돈도 그것보다는 많겠다!

내셔널스 팬들을 포함한 적잖은 야구팬들이 한정훈이 동료 의식이 없다며 분개했다.

승리에 집착한 나머지 야구를 업으로 삼는 동료의 생명을 위협했다는 것이다.

그러나 그 어떤 핑계를 가져다 붙여도 브레이브스 하퍼가 위협구를 자초했다는 기본적인 인식은 바뀌지 않았다.

ㄴ왜 일어나지도 않은 일로 코리안 쇼크를 비난하는 거지?

ㄴ내 말이 그 말이야. 애당초 브레이브스 하퍼가 매너를 지켰으면 코리안 쇼크가 위협구를 던질 일도 없었잖아?

ㄴ동료 의식을 버린 건 브레이브스 하퍼가 먼저지. 까놓고 말해서 한국의 선발투수에게 경기가 끌려가는 게 마음에 들지 않아서 일부러 자극한 거잖아. 그건 한국 야구를 무시한 처사라고.

ㄴ만약 브레이브스 하퍼가 한국 선수고 코리안 쇼크가 메이저리그 선수라면? 그때도 무조건 브레이브스 하퍼를 두둔할까? 아닐걸?

논란이 쉽게 사그라지지 않자 CNM에서 미국 올스타 대표팀에 참가한 투수들을 대상으로 설문에 들어갔다.

14명의 투수 중 절반이 노코멘트했다.

그리고 여섯 명은 한정훈을 이해하지만 위협구가 지나쳤다는 뜻을 밝혔다.

응답을 한 투수 중 누구도 브레이브스 하퍼를 두둔하지 않았다.

투수 입장에서 봤을 때 브레이브스 하퍼의 호들갑스러운 세리머니는 빈볼이 날아와도 할 말이 없었다.

그중에서도 압권은 에디슨 범가너의 대답이었다.

"난 한이 잘했다고 생각합니다. 만약에 브레이브스 하퍼가 내 팀에 그런 짓을 했다면 난 정말로 그의 머리를 맞췄을 겁니다. 그리고 연봉 값을 못한다는 말에도 적극 동의합니다. 브레이브스 하퍼가 이렇게 매너 없는 선수인 줄 알았다면 아마 내셔널스도 그렇게 많은 연봉을 주진 않았을 테니까요."

에디슨 범가너가 속 시원하게 터뜨리자 클레이튼 커셔를 비롯한 메이저리그 정상급 투수들도 한목소리로 한정훈을 두둔했다.

오타니 쇼헤를 비롯한 아시아 투수들은 아시아 야구를 무시한 점에 대해 브레이브스 하퍼가 사과해야 한다고 언성을 높였다.

상황이 이렇게 되자 내셔널스 팬들조차 위협구 논란을 거론하지 않았다.

경기가 끝나고 씩씩거리며 사라졌던 브레이브스 하퍼도 6차전이 시작되기 전에 기자들을 만나 자신이 경솔했다는 뜻을 전했다.

하지만 한정훈은 별도의 인터뷰를 하지 않았다.

7차전 선발 등판이 확정된 상황에서 쓸데없는 논란에 신경을 쓸 여력이 없었다.

반면 스톰즈 구단은 논란만 키우고 쏙 빠져 버린 한정훈 때문에 죽을 맛이었다.

"미치겠네요. 이거 이러다 구단 이미지 이상해지겠습니다."

"그러게 말입니다. 아니, 왜 메이저리그 연봉을 국내 야구에 들이댑니까?"

"제 말이 그 말입니다. 한정훈 선수가 연차 대비 최고 대우를 받고 있다고 그렇게 이야기를 했는데도 이해를 못 합니다."

"하아, 메이저리그는 야구만 잘하면 저연차 선수도 다년 계약으로 초대박 계약을 따내니까요. 이해가 안 될 겁니다."

한정훈 위협구 논쟁에서 파생됐던 한정훈 연봉 30만 달러 설 때문에 스톰즈 구단은 한바탕 곤욕을 치르는 중이었다.

국내 프로야구 기준으로는 최고 대우를 받고 있는 한정훈이 메이저리그 입장에서는 착취를 당하는 것처럼 보였기 때문이다.

미국의 일부 언론들은 한정훈이 메이저리그 선수였다면 최소 300만 달러는 받았을 것이라고 말했다.

그러면서 스톰즈 구단이 한정훈의 가치를 제대로 평가하지 못하고 있다고 꼬집었다.

더 당혹스러운 것은 미국 언론에서 예시로 든 게 2년 차 연봉이라는 점이다.

한미 올스타전 이후에 협상을 이어가려던 스톰즈 구단 입장에서는 억울함이 쌓일 수밖에 없었다.

결국 박현수 단장은 휴가를 반납하고 뉴욕행 비행기에 올랐다.

그리고 박찬영 대표를 만나 한정훈의 연봉 협상을 마무리 지었다.

연봉 총액 9억 원.

전년 대비 233퍼센트 인상된 금액이었다.

[9억! 한정훈, 3년 차 최고 연봉 갱신!]
[233퍼센트 인상! 한정훈 KBO 비FA 투수 역대 최고 연봉 수립!]

한정훈의 연봉 협상 소식이 전해지자 국내 야구 커뮤니티들이 뜨거워졌다.

└9억이라. 아리까리하네. 이거 많은 건가?

└FA 프리미엄을 받은 것도 아니고 그 정도면 많은 거지

└많긴 뭐가 많아? 올 시즌 4억 5억 받는 팀의 주축 선수들보다 한정훈이 기여한 게 훨씬 많은데

└맞아. 시즌 29승이면 한정훈 혼자 와이번스 용병 두 뭉 했는데 둘한테 쏟아부은 돈만 50억 넘지 않냐?

└까놓고 말해서 한정훈 없었음 우승 못 했을 거고 그럼 우승 보험인지 뭔지 들어놓은 6억 날렸을 거 아냐? 근데 한정훈 덕분에 24억 더 벌었는데 작년보다 6억 더 준 게 많아 보이냐?

└확실히 한정훈이 벌어다 준 거에 비하면 좀 짠 듯.

당초 200퍼센트 인상안(8억 1천만 원)을 놓고 논의 중이던 한정훈의 연봉을 9억으로 파격 인상할 때까지만 하더라도 스톰즈 구단은 충분히 논란을 잠재울 수 있을 것이라 여겼다.

하지만 정작 국내 야구팬들의 반응은 뜨뜻미지근했다.

한정훈이 올 시즌 보여준 어마어마한 활약상을 놓고 봤을 때 9억으로도 모자란다는 의견이 더 많았다.

올 시즌 한정훈이 스톰즈 소속으로 거둔 승리는 총 36승.

시즌 29승과 챔피언십 시리즈 1승, 한국 시리즈 4승, 아시아 시리즈 2승까지.

한정훈이 없었다면 스톰즈의 트리플 크라운(정규 시즌 우승,

한국 시리즈 우승, 아시아 시리즈 우승)도 없었을 것이라는 게 야구팬들의 중론이었다.

그건 한정훈이 올 시즌 기록한 18.56(정규 리그 기준)이라는 말도 안 되는 WAR만으로도 충분히 입증이 가능했다.

물론 스톰즈 구단도 한성훈의 활약상을 모르는 바는 아니었다.

하지만 그렇다고 해서 한정훈에게만 메이저리거 수준의 연봉을 안겨줄 수는 없는 노릇이었다.

기존 3년 차 최고 연봉은 2008년도 류현신이 받은 1억 8천만 원이었다.

전년도 1억 원에서 80퍼센트 인상된 금액으로 한정훈이 9억을 받기 전까지 10년이 넘도록 깨지지 않고 있었다.

프로 3년 차에 받은 최고 연봉은 다이노스의 나성겸이 가지고 있었다.

2014년 7,500만 원이던 연봉이 3년 차이던 2015년 2억 2천만 원으로 올랐다.

인상률은 200퍼센트. 다만 다이노스가 창단 첫해 퓨처스 리그에 머물렀기 때문에 나성겸의 연봉 기록은 데뷔 연도로 따졌을 때 4년 차 기록으로 분류되었다.

한정훈이 받은 9억은 류현신보다 7억 2천만 원이나 많은 금액이었다. 나성겸의 인상률과 비교해도 마찬가지였다.

기존 연봉이 많으면 많을수록 인상률이 낮아질 수밖에

없는 상황에서도 나성검의 연봉 인상률(200퍼센트)을 뛰어넘었다.

이 정도면 3년 차 최고 연봉이라는 상징성과 실질적인 대우를 모두 해준 셈이었다.

그러나 정작 한정훈의 관심을 잡아끈 건 따로 있었다.

한미 올스타전 7차전.

한정훈이 선발 등판하는 경기의 맞상대가 정해졌기 때문이다.

에디슨 범가너.

올스타전 3차전 때 경기 후반 공 8개로 두 타자를 범타로 돌려세운 뒤 자취를 감췄던 미국 올스타 대표팀 최고의 좌완 투수가 대미를 장식하기 위해 나선 것이다.

전날 벌어졌던 6차전에서 한국 대표팀은 류현신의 호투와 강준호의 결승 투런 홈런으로 2 대 1, 한 점 차 신승을 거두었다.

시리즈 스코어는 3승 3패로 동률.

양키즈 스타디움에서 열리는 마지막 7차전에서 2회 한미 올스타전의 우승팀이 가려지게 된 것이다.

[한미 올스타전 7차전! 한정훈 vs 에디슨 범가너 격돌!]

[한정훈, 한미 올스타전 우승을 향해 던진다!]

기자들은 새벽부터 한정훈과 에디슨 범가너의 맞대결을 대서특필했다.

미국 현지 언론들도 한미 올스타선 사상 최초의 연장전이 펼쳐질 가능성이 높다고 전망했다.

한정훈이 5차전에서 보여준 투구를 재현해야 한다는 가정이 덧붙긴 했지만 메이저리그에서 150승을 거둔 에디슨 범가너와 동등하다는 평가받은 것이다.

이 같은 메이저리그 전문가들의 의견에 대해 에디슨 범가너는 수긍하는 듯한 반응을 보였다.

"한 살이라도 젊을 때 한정훈과 맞대결을 펼친다는 건 분명 흥미로운 일입니다. 어쩌면 커셔는 올스타전에 불참한 걸 후회하고 있을지도 몰라요."

그러면서도 에디슨 범가너는 최후의 승자는 자신이 될 것이라며 인터뷰를 마쳤다.

한미 올스타전 우승이 걸린 최종전에서 아직 메이저리그에 데뷔조차 하지 않은 한정훈에게 승리를 내줄 마음은 없다는 것이었다.

에디슨 범가너는 인터뷰 말미에 한정훈의 대답이 듣고 싶다는 의견을 피력했다.

실제로 몇몇 미국 매스컴에서 한정훈이 머무르는 호텔을

급습하기도 했다.

하지만 한정훈은 기자들의 예상보다 훨씬 일찍 호텔을 나섰다. 그리고 결전의 장소가 되어버린 양키즈 스타디움에 도착했다.

"와우."

양키즈 스타디움에 들어서기가 무섭게 한정훈의 입에서 탄성이 터져 나왔다.

그만큼 양키즈 스타디움의 첫인상은 강렬했다.

메츠의 홈구장 시티 필드도 엄청났지만 양키즈 스타디움만큼의 위압감을 주지는 못했다.

"후우……."

한정훈은 길게 숨을 골랐다.

과거 신축 서울 구장과 부산 구장 마운드도 밟아봤지만 확실히 국내 야구장과 메이저리그 야구장은 느낌부터가 달랐다.

그때였다.

"한정훈 선수?"

등 뒤에서 조금 어눌한 한국어가 들렸다.

한정훈이 반사적으로 고개를 돌렸다. 그러다 누군가를 발견하고는 눈이 커졌다.

"혹시 내가 누구인지 알고 있나요?"

한정훈의 시선을 받은 체격 좋은 사내가 한 걸음 앞으로 나왔다.

"물론입니다. 만나서 영광입니다, 포사다 선수."

한정훈이 냉큼 손을 내밀었다.

그러자 사내, 호르에 포사다가 씩 웃으며 한정훈의 손을 붙잡았다.

"일찍 양키즈 스타디움에 오면 한정훈 선수를 만날 수 있을지도 모른다는 생각을 했는데 제 예상이 맞았네요."

호르에 포사다는 한정훈을 만나기 위해 양키즈 스타디움을 찾았다는 사실을 분명하게 했다.

그리고 동행한 통역에게 자신의 속마음을 제대로 전해 달라고 몇 번이고 신신당부를 했다.

"이해해 주세요. 포사다 선수는 한정훈 선수의 피칭에 완전히 빠져 있거든요."

교포로 보이는 통역이 상기된 얼굴로 말했다.

양키즈의 레전드로 불리는 전설적인 포수가 나이 어린 한국 투수에게 잘 보이려고 애쓰는 모습을 보니 왠지 모르게 마음 한구석이 뭉클해졌다.

그것은 한정훈도 마찬가지였다. 양키즈 왕조를 이끌었던 호르에 포사다는 한정훈이 한때 호흡을 맞추고 싶어 했던 포수 중 한 명이었다.

그런 위대한 포수가 자신과 눈을 맞추며 어떻게든 한마디라도 더 전하려고 통역을 닦달하는 게 마치 꿈처럼 느껴졌다.

그러나 호르에 포사다는 단순히 한정훈과 악수를 나누기 위해 서둘러 양키즈 스타디움을 찾은 게 아니었다.

"한정훈 선수에게 개인적인 부탁이 있습니다."

"부탁이요?"

"은퇴한 지 오래되긴 했지만 난 아직도 포수 마스크를 쓰고 그라운드에서 뛰고 싶은 욕심이 있습니다. 메이저리그는 무리겠지만 이 세상에는 야구를 할 수 있는 곳이 많더군요. 한국도 그중 한 곳이고요."

"……?"

호르에 포사다의 뜬금없는 말에 통역도 놀라고 한정훈도 놀랐다.

호르에 포사다는 71년생. 우리 나이로 마흔아홉이었다.

호르에 포사다가 양키즈에서 영구 결번이 될 정도로 위대한 선수였다 하더라도 전성기를 훌쩍 지난 것으로도 모자라 은퇴한 지 7년이 다 되어가는 중년 아저씨에게 포수 마스크를 씌울 프로팀은 결코 많지 않을 것 같았다.

그것은 포르에 호사다의 생각도 마찬가지였다.

"물론 당장 프로팀에 입단하기에는 내 나이가 너무 많을지도 모르겠습니다. 실력도 예전 같지 않을 테고요. 하지만 꼭 프로팀이 아니어도 상관없습니다. 한정훈 선수가 던지는 공을 보고 있자니 심장이 끓어올라 도저히 참을 수가 없으니까요."

호르에 포사다가 자연스럽게 한정훈을 걸고넘어졌다.

그러면서 자신이 다시 포수 마스크를 쓸 수 있을지 테스트해 달라고 부탁했다.

"그러니까…… 지금 제 공을 받아보고 싶다는 말인 거죠?"

한정훈이 어렵지 않게 호르에 포사다의 속내를 읽었다.

그러자 호르에 포사다가 어린아이처럼 활짝 웃으며 고개를 끄덕거렸다.

"절대 양키즈 구단에서 부탁받은 건 아니라고 하네요. 다만 포수로서 한정훈 선수의 공은 꼭 한 번 받아보고 싶다고 합니다."

얼추 분위기가 무르익자 호르에 포사다가 대놓고 졸라 댔다.

오죽했으면 통역이 진정하라는 말을 입에 달 정도였다.

한정훈도 그런 호르에 포사다의 모습이 밉지 않았다.

비록 현역 선수 호르에 포사다는 아니라 하더라도 어렸을 적 상상 속에서나 가능했던 배터리를 이뤄보는 것도 나쁠 것 같지 않았다.

"아직 몸을 풀지 않아서 시간이 필요합니다만, 그래도 괜찮겠습니까?"

한정훈이 호르에 포사다에게 양해를 구했다.

제아무리 호르에 포사다의 부탁이라 하더라도 몸도 풀지 않고 공을 던질 수는 없는 노릇이었다.

그러자 호르에 포사다가 당연하다며 고개를 끄덕였다.

"1시간도 좋고 2시간도 좋다고 하네요."

통역이 대수롭지 않게 호르에 포사다의 말을 전했다.

말이 좋아 1시간, 2시간이지 잠깐 사이에 몸풀기가 끝날 것이라 여겼다.

하지만 러닝을 시작한 한정훈이 좀처럼 끝낼 기미를 보이지 않자 통역의 얼굴이 점점 초조하게 변했다.

'뭐, 뭘 저렇게 오래 뛰는 거야?'

한정훈이 눈앞을 스쳐 지날 때마다 통역이 힐끔거리며 호르에 포사다의 눈치를 봐야 했다.

설마하니 호르에 포사다를 앞에 두고 한정훈이 이렇듯 시간을 끌 것이라고는 예상하지 못한 것이다.

그러나 정작 호르에 포사다는 철저하게 몸을 푸는 한정훈의 모습에 몇 번이고 고개를 주억거렸다.

"정말 좋은 선수군. 정말 좋은 선수야. 저 나이 때에 저렇게 자기 관리를 할 수 있다니. 무조건 잡아야 해. 한정훈이 빨간 양말을 신게 놔둬서는 안 돼."

양키즈에서 오랫동안 선수 생활을 해왔지만 한정훈처럼 쉬지 않고 내달리는 선수는 거의 보지 못했다.

저건 단순히 보여주기용이 아니었다. 평소 러닝을 생활화하지 않고서야 불가능한 일이었다.

호르에 포사다가 겪어온 선수들 대부분은 뛰는 걸 좋아하지 않았다.

특히나 젊은 스타플레이어들은 경기 전에 땀을 흘리는 걸 질색하곤 했다.

하지만 한정훈은 달랐다. 마치 당연히 해야 할 숙제를 하듯 묵묵히 넓은 양키즈 스타디움을 내달렸다.

그러면서도 지친 기색 한 번 보이지 않았다. 호흡이 흐트러지지도 않았다.

모르는 이들이 봤다면 야구 선수가 아니라 마라톤 선수라고 착각이 들 정도였다.

그렇게 한 시간을 꼬박 뛴 뒤 한정훈은 자리를 잡고 스트레칭을 시작했다.

오래도록 방치해 놨으면 간단하게 말이라도 한마디 붙일 법했지만 한정훈은 몸풀기에 전념했다.

그 모습이 호르에 포사다의 눈에는 인정 사정 봐주지 않겠다는 선전포고처럼 느껴졌다.

"이러고 있을 때가 아냐. 나도 몸을 풀어야지."

호르에 포사다도 워밍업을 서둘렀다.

다행히도 한정훈이 런닝만큼이나 스트레칭을 오랫동안 해 준 덕분에 호르에 포사다도 포수석에 앉을 수 있을 정도로 몸을 달굴 수 있었다.

"후우…… 이거 좀 끼는데?"

선수 시절 착용했던 포수 장비를 매만지며 호르에 포사다가 애써 긴장을 풀었다.

제아무리 레전드급 선수라 하더라도 7년이라는 공백을 단숨에 털어낸다는 게 쉬운 일은 아니었다.

그런 호르에 포사다를 위해 한정훈이 초구부터 있는 힘껏 공을 내던졌다.

후아앗!

요란한 바람 소리와 함께 맹렬하게 회전하는 새하얀 공이 순식간에 호르에 포사다의 얼굴 앞으로 날아들었다.

"헉!"

호르에 포사다는 다급히 미트를 들어 올렸다.

한정훈의 포심 패스트볼 궤적은 다른 투수들과 다르다며 입이 닳도록 칭찬을 했는데 막상 포수가 되자 다른 투수들에 맞춰 투구 궤적을 예상한 것이다.

하지만 뒤늦게 따라가기에는 한정훈의 공이 너무 빨랐다.

파악!

호르에 포사다의 미트 윗면을 때린 공이 그대로 백네트 쪽으로 튕겨져 나갔다.

동시에 호르에 포사다도 엉덩방아를 찧어버렸다.

조급한 마음에 무게중심이 흔들리고 만 것이다.

"괘, 괜찮으세요?"

저만치 물러서 있던 통역이 호르에 포사다에게 달려왔다. 그러자 호르에 포사다가 괜찮다며 손을 들어 보였다.

"괜찮아. 난 괜찮으니까 한정훈 선수에게 최고의 공을 던져 달라고 부탁해 줘."

호르에 포사다는 엉덩이에 묻은 흙도 털어내지 않고 다시 자리를 잡았다.

그리고 한가운데로 미트를 들어 올렸다.

조금 전 한정훈이 던진 공은 빠르고 묵직했다.

체감 구속은 96mile/h(≒154.5km/h) 전후.

구속은 물론 회전과 무브먼트까지 메이저리그에서 충분히 통할 수준의 공이었다.

하지만 이 공이 한정훈의 베스트일 거란 생각은 들지 않았다.

"손가락이 부러져도 좋으니까 제대로 던져 달라고, 친구. 이 나이에 포수 장비까지 착용하고 앉은 내 생각도 좀 해줘."

호르에 포사다가 혼잣말처럼 중얼거렸다.

그 순간.

좌라라락!

한정훈이 흙먼지를 일으키며 스트라이드를 시작했다.

후아앗!

한정훈의 손가락을 빠져나온 공이 순식간에 홈 플레이트 앞으로 다가왔다.

호르에 포사다는 다급히 미트를 들어 올렸다.

다행히도 초구의 궤적과 거의 유사한 덕분에 가까스로 포켓에 집어넣을 수 있었다.

퍼억!

미트 가죽을 울리는 소리가 요란하게 울렸다. 뒤이어 호르
에 포사다가 냉큼 미트를 벗어 던졌다.

장갑을 두 겹이나 꼈는데도 불구하고 손바닥이 얼얼했다.

이대로 한 번만 더 손바닥으로 공을 받았다간 손목이 나갈
것 같았다.

"괜찮으세요?"

통역이 또다시 걱정스런 얼굴로 다가왔다.

서로 친분을 쌓는 것도 좋은 일이지만 자칫 잘못했다간 호
르에 포사다가 큰 부상을 당할 것 같았다.

그러나 호르에 포사다는 아무 일도 없었다는 듯 다시 미트
를 손에 끼었다.

"이거 미트가 좀 작네. 난 괜찮으니까 더 힘껏 던지라고
해줘."

호르에 포사다가 주먹으로 미트를 힘껏 두드렸다.

그때마다 손바닥이 욱신거렸지만 여기서 캐칭을 멈추고
싶진 않았다.

그나마 다행인 건 한정훈의 공이 눈에 익었다는 점이다.

초구와 2구.

한정훈은 일부러 거의 동일한 궤적으로 공을 던졌다.

동일한 릴리스 포인트에서 시작된 초구와 2구는 거의 비

슷한 구속과 회전, 무브먼트를 보여주었다.

덕분에 호르에 포사다도 한정훈의 공이 어떻게 날아올지 머릿속에 그릴 수 있었다.

호르에 포사다가 다시 한가운데로 미트를 들어 올렸다.

그러자 한정훈이 기다렸다는 듯이 공을 던졌다.

퍼엉!

순식간에 날아든 공이 호르에 포사다의 미트 웹 속에 정확하게 붙들렸다.

덕분에 처음으로 제대로 된 포구음이 울렸다.

"와우."

웹을 뚫고 나갈 듯 맹렬히 회전하는 공을 내려다보며 호르에 포사다가 다시금 감탄을 터뜨렸다.

TV에서 본 것 이상으로 한정훈의 공은 좋았다.

빠르고 거칠면서도 묵직했다.

단순히 어깨 힘으로 던지는 게 아니라 온몸의 에너지를 제대로 사용하고 있다는 소리였다.

'이 정도면 양키즈의 에이스로서 손색이 없어.'

양키즈의 영구 결번 포수 자격으로 호르에 포사다는 한정훈에게 합격점을 주었다.

그럴 일은 없겠지만 만약 한정훈이 양키즈 입단 조건으로 자신이 공을 받길 원한다면 이를 악물고 체중을 감량해서라도 현역으로 복귀하고 싶은 심정이었다.

"후우……."

애써 흥분을 가라앉히며 호르에 포사다가 한정훈에게 공을 돌려주었다.

당초 계획했던 테스트는 끝이 났다. 그리고 충분히 만족스러운 결과를 얻어냈다.

하지만 두근거리는 심장은, 온몸에 퍼지는 짜릿함은 이제부터 시작이라고 말하고 있었다.

'앞으로 일곱 개. 그 안에 한정훈의 모든 걸 확인하자.'

호르에 포사다가 다시 포수석에 앉았다. 그리고 처음으로 왼쪽으로 미트를 움직였다.

우타자 기준 몸 쪽 꽉 찬 공이었다.

메이저리그에 즐비한 우타 강타자들을 상대하려면 필수적으로 던질 줄 알아야 하는 공이었다.

타자를 세워놓고 던지는 라이브 피칭이 아닌 만큼 한정훈이 몸 쪽 공을 주저할 이유는 없었다.

하지만 호르에 포사다는 바깥쪽으로 들어오는 패스트볼을 원하는 게 아니었다.

호르에 포사다가 원하는 건 전성기 시절 행크 아렌이 타석에 들어섰을 때 요구할 수 있는 완벽한 몸 쪽 공이었다.

리그 최고의 강타자들이 홈런을 치기 위해 벼르고 있는 상황에서도 그들을 꼼짝 못 하게 만드는 강력한 카운터 펀치였다.

그런 호르에 포사다의 의지가 단단히 고정된 미트를 통해 한정훈에게 전해졌다.

"이거 왠지 속은 기분인데……."

한정훈이 슬쩍 입가를 비틀어 올렸다.

이쯤 되면 테스트를 놓는 게 아니라 테스트를 받는 것이나 다름없었다.

하지만 딱히 기분이 나쁘지는 않았다.

마치 영화 속의 한 장면처럼 7년 전에 은퇴한 전설적인 포수가 자신의 공을 확인하기 위해 미트를 들어 올리고 있었다.

이 꿈같은 상황이 싫을 리가 없었다.

"후우."

천천히 숨을 고르며 한정훈이 디딤발에 힘을 주었다.

뒤이어 있는 힘껏 왼다리를 차올린 뒤 있는 힘껏 공을 뿌렸다.

후아앗!

바람 소리와 함께 날아간 공이 단숨에 호르에 포사다의 미트 속에 파묻혔다.

퍼어엉!

묵직한 포구음에 호르에 포사다의 팔이 들썩거렸다.

하지만 그것도 잠시.

호르에 포사다는 능숙하게 반동을 흡수한 뒤 한정훈에게

공을 돌려주며 소리쳤다.

"완벽해!"

호르에 포사다는 심장이 두근거렸다.

조금 전 1구는 알렉 로드리게스라 하더라도 꼼짝 못하고 당할 수밖에 없는 완벽한 공이었다.

구속은 96mile/h(≒154.5㎞/h) 정도에 불과했지만 이 공을 제대로 공략할 수 있는 타자는 메이저리그 전체를 통틀어 채 열 명도 되지 않을 것 같았다.

"후우……."

마스크 밖으로 들뜬 숨을 내쉰 뒤 호르에 포사다는 바깥쪽 하이 패스트볼을 요구했다.

볼카운트는 원 스트라이크다.

몸 쪽에 한 방을 얻어맞은 타자의 방망이를 이끄는 데 바깥쪽 빠른 패스트볼보다 자극적인 유인구는 없었다.

물론 이번에도 호르에 포사다는 완벽한 공을 원했다.

바보가 아닌 이상 타자들도 70퍼센트 정도는 바깥쪽을 노리고 들어올 가능성이 높았다.

그런 타자들조차 결코 맞춰내지 못할 강력한 패스트볼을 보고 싶었다.

바깥쪽 볼에 후한 메이저리그 특성상 이 공을 제대로 던지지 못한다면 타자들과의 힘 싸움에서 승리를 장담하기 어려웠다.

호르에 포사다의 속내를 확인한 한정훈이 피식 웃으며 고개를 끄덕거렸다.

그러고는 양키즈 스타디움의 마운드를 스파이크로 골랐다.

"드디어 올 게 오는군."

호르에 포사다의 얼굴에 긴장감이 감돌았다.

지금까지 던진 공들이 일종의 연습구라면 이제부터 진짜 공이 날아들 것 같았다.

아니나 다를까.

후아앗!

한정훈이 기합성과 함께 내던진 공은 호르에 포사다가 눈으로 좇기도 전에 먼저 홈 플레이트를 파고들었다.

파앗!

호르에 포사다가 다급히 손을 뻗어 올렸지만 공은 미트 윗부분을 때리고 뒤쪽으로 넘어가 버렸다.

충분이 눈에 익었다고 생각했는데 전력을 다해 던진 공의 궤적은 예상보다 훨씬 뻗어 올랐다.

"크하하하."

호르에 포사다가 기분 좋게 웃음을 터뜨렸다.

전광판이 작동하지 않았지만 만약 구속이 측정됐다면 족히 100mile/h은 나올 만한 공이었다.

"미안합니다."

한정훈이 짓궂게 웃으며 오른손을 들어 올렸다.

진짜 시합 중인 배터리처럼 포수의 실수를 제 탓으로 돌린 것이다.

그러자 호르에 포사다가 씩 웃으며 엄지를 들어 올렸다.

그러고는 한정훈에게 공을 돌려주며 소리쳤다.

"마지막 공이야!"

한정훈의 진짜 공을 맛보기 전까지만 하더라도 호르에 포사다는 10구 정도는 경험으로 감당해 낼 수 있을 것이라 여겼다.

하지만 5구째 날아든 패스트볼을 보고는 생각이 달라졌다.

한정훈이 전력을 다해 던진다면 10구가 아니라 5구도 감당해 내지 못할 것 같았다.

'한국 포수의 프레이밍이 형편없다고 여겼는데 포수의 문제가 아니었구나.'

호르에 포사다는 그제야 강민오의 투박한 미트질이 이해가 갔다.

실제로 대표팀 포수 중에 한정훈의 공을 안정적으로 받아 내는 건 강민오밖에 없었다.

그런 강민오조차도 한정훈이 전력을 다할 때면 감히 손장난을 칠 엄두를 내지 못했다.

날아오는 대로 받기도 어려운데 괜히 미트를 가지고 장난을 쳤다간 부상으로 이어질 수도 있기 때문이었다.

국내 포수를 통틀어 한정훈과 가장 호흡이 잘 맞는 건 스톰즈의 박기완뿐이었다.

박기완의 체력 보전을 위해 영입했던 이만호도 프로 레벨의 한정훈의 공에 완벽하게 적응하지 못하고 있었다.

그렇다 보니 제아무리 호르에 포시디라 하더리도 한정훈의 공이 버거울 수밖에 없었다.

'마지막으로 뭘 확인해 볼까.'

포수석에 앉은 호르에 포사다는 좀처럼 사인을 내지 못했다.

마음 같아서는 마리아 리베라를 연상시키는 커터와 미국 대표팀 중심 타자들을 꼼짝 못 하게 만들었던 투심 패스트볼을 전부 받아보고 싶었다.

하지만 미트를 손에서 놓은 지 7년이나 지난 상황에서 날카롭게 꺾이는 커터와 투심 패스트볼을 제대로 포구해 낼 자신은 없었다.

'스플리터. 그걸 받아보자.'

한참을 고심하던 호르에 포사다가 우타자 몸 쪽 낮은 쪽으로 미트를 움직였다.

한정훈은 어렵지 않게 호르에 포사다의 의도를 읽었다.

'스플리터를 던져서 미트 속에 집어넣어 달라는 말이로군.'

만약 다른 투수였다면 부담감을 감추지 못했을 것이다.

만에 하나 스플리터의 떨어지는 각도가 조금이라도 어긋
난다면 호르에 포사다가 다칠 가능성이 높았다.

하지만 한정훈은 마음 편히 그립을 고쳐 잡았다.

호르에 포사다라면 설사 계산대로 공이 날아가지 않는다
하더라도 충분히 잡아줄 것이라는 믿음을 가졌다.

"후우……."

길게 숨을 고르며 한정훈은 가상의 타자를 타석에 세웠다.

호르에 포사다처럼 전설적인 홈런 타자 행크 아렌이나 양
키즈 출신 슈퍼스타 알렉 로드리게스를 떠올리지는 않았다.

대신 사흘 전 상대했던 마이클 트라우스를 끄집어냈다.

훙! 후웅!

투 스트라이크로 몰린 상황에서도 마이클 트라우스는 시
원스럽게 방망이를 휘두르며 기세를 뿜어댔다.

그런 마이클 트라우스를 상대로 몸 쪽으로 떨어지는 스플
리터를 던지기란 말처럼 쉬운 일이 아니었다.

그러나 한정훈은 투수판을 단단히 밟고 왼다리를 힘껏 들
어 올렸다.

그리고 자신을 빤히 노려보는 마이클 트라우스의 몸 쪽을
향해 있는 힘껏 공을 내던졌다.

후아앗!

패스트볼처럼 날아드는 공에 가상의 마이클 트라우스가
기다렸다는 듯이 방망이를 내돌렸다.

후웅!

순식간에 허리를 빠져나온 방망이는 당장에라도 담장 밖으로 공을 넘겨 버릴 것처럼 스트라이크존을 가르며 덤벼들었다.

하지만 마지막 순간, 역회전에 걸리며 가라앉기 시작한 공은 마이클 트라우스의 방망이를 피해 아래로 잠겨들었다.

그러고는 움찔하고 놀란 호르에 포사다의 미트 속으로 정확하게 빨려 들어갔다.

퍼엉!

묵직한 포구 소리가 양키즈 스타디움을 울렸다.

그와 동시에 관중석 어딘가에서 짤막한 탄성이 터져 나왔다.

"와우!"

몰래 숨어서 한정훈의 투구를 훔쳐보던 브라이언 캐시 양키즈 단장은 흥분을 감추지 못했다.

특히나 마지막에 던진 스플리터는 그야말로 예술이었다.

다른 투수들의 스플리터처럼 낙폭이 크지는 않았지만 빠르고 날카로웠다.

바로 직전에 100mile/h의 패스트볼을 얻어맞은 타자라면 속지 않고는 버틸 재간이 없을 것 같았다.

무엇보다 마음에 드는 건 한정훈이 양키즈 스타디움의 마운드에 참 잘 어울린다는 점이다.

실력 있는 투수라고 해서 누구나 양키즈의 투수가 될 수 있는 건 아니었다.

양키즈 스타디움에 가득 들어찬 5만여 관중 앞에서 주눅 들기는커녕 오히려 그들의 심장을 뜨겁게 달궈놓을 만한 공을 던질 수 있는 투수만이 핀 스트라이프를 입을 자격이 있었다.

비록 불펜 피칭이긴 했지만 한정훈은 양키즈의 레전드, 호르에 포사다를 상대로 그런 공을 던졌다.

명색이 양키즈의 단장인 브라이언 캐시를 체면 불고하고 몰래 훔쳐보게 하더니 마지막에는 크리스마스 선물을 받은 어린아이처럼 어쩔 줄 모르게 만들어버렸다.

"내 전 재산을 털어 넣는 한이 있더라도 한정훈을 기필코 이곳에 다시 세울 거야!"

호르에 포사다와 악수를 나누는 한정훈을 바라보며 브라이언 캐시 단장이 주먹을 불끈 쥐었다.

양키즈가 다시 악의 제국이 되어 메이저리그의 공공의 적이 되는 한이 있더라도 한정훈에게 핀 스트라이프를 입힐 생각이었다.

그런 브라이언 캐시 단장의 속내를 읽기라도 한 것일까.

포수 장비를 벗으며 호르에 포사다가 어딘가를 향해 엄지를 추켜들었다.

그렇게 한정훈 쟁탈전의 서막이 울렸다.

51장
한정훈 vs 범가너(1)

한미 올스타전 최종전이 열리는 양키즈 스타디움은 일찌 감치 만원 관중으로 가득 차 있었다.

하지만 경기장의 분위기는 일방적으로 미국 올스타 대표 팀을 응원했던 전날과는 다소 달랐다.

가장 큰 변화는 관중석 곳곳에 들려 있는 한정훈의 응원 피켓이었다.

〈한정훈! 핀 스트라이프!〉

〈한정훈은 빨간 양말이 어울려!〉

〈오늘의 승리투수! 다저스의 코리안 쇼크!〉

〈범가녀와 한정훈은 자이언츠의 원투 펀치!〉

아직 구단들은 본격적인 경쟁을 시작하기 전이었지만 팬들은 일찌감치 한정훈을 선점하기 위한 전쟁에 돌입했다.

한정훈 영입 경쟁에 가장 적극적인 양키즈와 레드삭스를 시작으로 레인저스, 자이언츠, 다저스, 카디널스에 이르기까지 메이저리그에 소속된 모든 팀의 팬들이 보란 듯이 한정훈의 응원 피켓을 흔들어 댔다.

짓궂게도 일부 다저스 팬들은 대놓고 한정훈의 승리를 기원하기도 했다.

지구 라이벌 구단인 자이언츠의 에이스 범가너가 한미 올스타전의 영웅이 되느니 차라리 한정훈이 이기는 편이 낫다고 여긴 것이다.

-보십시오. 이게 바로 코리안 쇼크의 인기입니다.

-정말 대단하죠. 이 인기만큼이나 코리안 쇼크, 한정훈 선수가 멋진 투구를 보여주길 기대해 보겠습니다.

미국 현지 중계진도 예상을 뛰어넘는 한정훈의 인기에 혀를 내둘렀다.

그러면서 한정훈이 5차전에서 보여주었던 강렬한 투구가 메이저리그 팬들에게 통한 것이라고 분석했다.

메이저리그 최정상급 투수라 하더라도 무사 만루 위기에서 브레이브스 하퍼와 마이클 트라우스, 놀란 아레나스를 삼진으로 돌려세우기란 쉽지 않았다.

그걸 아직 메이저리그에 데뷔조차 하지 않은 스무 살 어린 투수가 해냈으니 메이저리그 팬들이 환호하는 것도 무리는 아니었다.

물론 일부 팬들은 아직까지도 한정훈이 브레이브스 하퍼에게 던졌던 위협구를 문제 삼기도 했다.

하지만 그 목소리는 무시해도 될 정도로 작았다.

브레이브스 하퍼가 직접 자신의 잘못을 인정한 뒤라 한정훈을 향한 비난에 동참하는 이는 극히 드물었다.

"이거 누가 미국 대표 선수인지 모르겠군."

양키즈 스타디움을 천천히 둘러보며 에디슨 범가너가 쓴 웃음을 지었다.

홈구장에서처럼 열광적인 응원을 받을 것이라고 기대하지는 않았지만 설마하니 한정훈에게 밀릴 것이라고는 생각지도 못한 얼굴이었다.

에디슨 범가너가 질투 어린 눈으로 한정훈을 바라봤다. 하지만 정작 한정훈은 무덤덤한 표정이었다.

"여유가 넘치나 본데, 어디 언제까지 그 얼굴을 유지할 수 있을지 두고 보자고."

슬쩍 입가를 비틀며 에디슨 범가너가 툭툭 로진 백을 두드렸다.

그사이 1번 타자 서건하가 타석에 들어섰다.

"뭐야, 저 녀석은."

서건하가 독특한 타격 자세를 취하자 에디슨 범가너가 피식 웃음을 흘렸다.

개성 넘치는 메이저리그에서도 서건하의 타격 자세는 낯설기만 했다.

하지만 에디슨 범가너는 서건하의 실력까지 우습게 보진 않았다.

6차전까지 서건하는 27타수 10안타로 0.370의 타율을 기록하고 있었다.

한국 올스타 대표팀 타자 중에서 서건하보다 높은 타율을 기록하는 타자는 없었다.

거기에 볼넷까지 3개를 얻어내며 출루율은 0.433.

서건하가 경기당 두 번꼴로 루상에 나가 그라운드를 휘저어준 덕분에 한국 올스타 대표팀은 미국 대표팀을 상대로 나름 대등한 경기를 펼칠 수 있었다.

'일단 몸 쪽으로 하나 붙이자고.'

포수 블랭크 스위트하트가 몸 쪽 패스트볼을 요구했다.

맞추는 재주가 뛰어난 서건하에게는 유인구 승부보다 힘으로 찍어 누르는 편이 낫다고 판단한 것이다.

에디슨 범가너도 흔쾌히 고개를 끄덕거렸다.

그러고는 몸 쪽 꽉 찬 코스로 패스트볼을 내던졌다.

후앗!

에디슨 범가너의 손끝을 빠져나온 공이 곧장 몸 쪽으로 달려들자 서건하가 움찔 놀라며 뒤로 물러났다.

바깥쪽 코스를 노리던 상황이라 몸 쪽 코스에 대처할 여유가 없었다.

퍼억!

블랭크 스위트하트는 손목을 꺾으며 살짝 빠진 에디슨 범가너의 공을 스트라이크존으로 밀어 넣었다.

그러자 구심이 기다렸다는 듯이 스트라이크를 선언했다.

서건하가 당혹스러운 얼굴로 구심을 바라봤지만 판정은 번복되지 않았다.

–저 공에 스트라이크를 주네요.

–하아, 오늘 구심이 메이저리그 심판 경력이 많지 않다고 말씀드렸는데 스위트하트 선수의 미트질에 넘어갔습니다.

–서건하 선수, 억울하다는 표정인데요.

–잊어버려야죠. 여기서 감정적으로 대처해 봐야 좋을 거 하나 없습니다.

허구은 해설위원은 서건하에게 냉정할 것을 주문했다.

하지만 서건하의 입장에서는 몸 쪽 코스를 의식하지 않을 수가 없었다.

그런 서건하를 상대로 에디슨 범가너는 바깥쪽으로 휘어

져 나가는 슬라이더를 던져 헛스윙을 유도해 냈다.

그리고 3구째 바깥쪽에 꽉 차는 패스트볼을 꽂아 넣고 서건하를 3구 삼진으로 돌려세웠다.

스트라이크존을 폭넓게 활용하는 에디슨 범가너의 피칭 앞에 단일 시즌 최다 안타 신기록을 세운 서건하도 고개를 숙일 수밖에 없었다.

뒤이어 타석에 선 구자운도 마찬가지였다.

초구와 2구, 연속해서 들어온 패스트볼에 방망이를 가져다 댔지만 3구째 날아든 각이 큰 슬라이더에 헛스윙을 하고 말았다.

에디슨 범가너가 초반부터 기세를 끌어올리자 3번 타자 김현우는 평소보다 신중하게 타격에 임했다.

에디슨 범가너를 상대한 경험이 있어서인지 서건하와 구자운이 속아 넘어간 슬라이더를 연거푸 골라내며 볼카운트를 유리하게 만들었다.

하지만 풀카운트에서 들어온 몸 쪽 체인지업에 속아 넘어가고 말았다.

따악!

패스트볼 타이밍에서 힘 있게 잡아당긴 타구가 제법 빠르게 뻗어 나갔지만 깊숙이 수비하던 2루수 디 오든의 글러브에 걸려 버렸다.

펑!

한 바퀴 몸을 돌린 디 오든이 여유롭게 1루에 송구하며 김현우는 포스 아웃.

그렇게 1회 초 한국 올스타 대표팀의 공격은 삼자 범퇴로 끝이 났다.

−에디슨 범가너, 출발이 좋네요.

−연속 3구 삼진과 2루수 땅볼로 까다로운 세 타자를 처리했습니다.

−투구 수도 12개로 아꼈는데요.

−이대로만 던져 준다면 9회에도 에디슨 범가너를 마운드 위에서 볼 수 있을 것 같네요.

미국 중계진은 1회 초를 깔끔하게 틀어막은 에디슨 범가너에게 칭찬을 아끼지 않았다.

한국 대표팀 득점의 70퍼센트를 책임지고 있는 서건하와 구자운, 김현우를 압도하는 에디슨 범가너의 피칭은 그만큼 완벽하게 느껴졌다.

하지만 오늘 경기가 미국 대표팀의 수월한 승리로 끝이 날 것이라는 섣부른 전망은 자제했다.

−매드 범이 내려가고 코리안 쇼크가 올라옵니다.

−관중들이 환호성을 내지르는데요.

-와우, 마치 다저스 스타디움에서 열리는 코리안 데이를 중계하는 것 같은 기분입니다.

　마운드에 오른 한정훈은 에디슨 범가너가 남겨 놓은 흔적들을 스파이크로 모조리 지워냈다.
　그리고 로진 백을 툭툭 두드린 뒤 손에 묻은 로진 가루를 길게 불어냈다.
　그 모습을 지켜보던 허구은 해설위원이 헛기침과 함께 입을 열었다.

　-허어, 한정훈 선수. 긴장을 많이 했네요.
　-네?
　-마운드를 고르거나 로진 가루를 길게 부는 게 다 긴장을 풀기 위해 무의식적으로 하는 행동들이거든요.
　-아, 네. 그렇죠.
　-확실히 5만여 명의 관중 앞에서 투구를 하려니 긴장이 될 수밖에 없겠죠.

　한정훈의 데뷔 이후 국내 야구 중계를 거의 하지 않은 허구은은 마운드 위에서의 한정훈의 버릇들을 전혀 알지 못했다.
　하지만 한정훈의 등판 경기는 하이라이트로라도 꼬박꼬박

챙겨본다는 국내 야구팬들은 달랐다.

ㄴ허구은 지금 무슨 헛소리 하는 거냐?

ㄴ한정훈이 마운드 고르는 거 원래 하던 거잖아?

ㄴ맞음. 특히나 범가너처럼 약간 크로스 스텝으로 던지면 짜증스럽게 고르지. 내 영역 침범했다고 말이야. ㅋㅋ

ㄴ맞아 맞아. 나도 그거 보고 한정훈한테 반함. +_+

ㄴ로진 가루 부는 건 한정훈 전매특허 아닌가?

ㄴ각 구단 감독들과 선수들이 제일 싫어하는 거잖아, 그거.

ㄴㅋㅋ 선수들 입장에서는 왠지 시비 터는 기분임.

ㄴ밥 먹었냐? 안 먹었으면 삼진 먹어. 막 이런 거? ㅋㅋ

ㄴ아니, 삼진 잡기 딱 좋은 날이네. 이런 거 ㅋㅋ

야구팬들은 한정훈이 양키즈 스타디움이라고 해서 긴장할 리 없다고 여겼다.

5차전이 열렸던 메츠의 시디 필드도 4만 명이 넘는 관중이 들어차 있었다.

무사 만루 위기에서 미국 대표팀이 자랑하는 클린업 트리오를 전부 삼진으로 돌려세운 한정훈이 고작 이 정도로 움츠러들 리가 없었다.

그런 팬들의 예상은 정확했다.

퍼엉!

한정훈은 초구부터 몸 쪽 꽉 차는 포심 패스트볼을 던지며 1번 타자 디 오든을 꼼짝 못하게 만들었다.

　순식간에 지나간 초구를 멍하니 지켜보던 디 오든이 전광판을 바라봤다.

　전광판에는 무려 99mile/h이라는 구속이 선명하게 찍혀 있었다.

　"후……."

　디 오든은 애써 호흡을 가다듬었다. 한정훈의 공이 빠른 줄은 알았지만 직접 타석에서 겪어보니 중심 타자들이 맥없이 물러난 이유를 알 것 같았다.

　'무리해서 잡아당길 필요 없어. 맞춰 내기만 하자.'

　방망이를 조심스럽게 추켜세우며 디 오든은 전략을 바꿨다.

　든든한 중심 타자들이 버티고 있는데 자신이 굳이 장타를 때려낼 필요는 없었다.

　'일단 살아 나가자.'

　디 오든이 방망이를 힘껏 끌어 당겼다.

　한정훈이 어떤 공을 던지든 간에 가볍게 방망이를 휘둘러 타구를 만들어낼 생각이었다.

　하지만 강민오는 디 오든을 1루에 출루시킬 마음이 눈곱만큼도 없었다.

　'다른 녀석들은 몰라도 너는 꼭 잡고 간다.'

6차전까지 디 오든의 타율은 무려 0.444(27타수 12안타).

안타가 9개, 2루타가 3개였다.

9개의 안타 중 5개가 내야 안타일 만큼 디 오든의 주력은 어마어마했다.

심지어 3개의 2루타 중 2개도 디 오든이 공격적인 주루 플레이로 만들어냈다.

그러나 강민오가 디 오든을 싫어하는 이유는 따로 있었다.

바로 도루.

사사구를 포함해 11차례 1루를 밟은 디 오든은 총 8번 도루를 시도했다. 그리고 모두 성공시켰다.

강의지와 강민오가 번갈아 가며 안방을 지켰지만 단 한 번도 디 오든을 잡아내지 못했다.

'아예 건드리지도 못하게 해주마.'

강민오가 바깥쪽 살짝 빠지는 코스로 미트를 들어 올렸다. 그러면서 투심 패스트볼을 요구했다.

한정훈은 강민오의 주문대로 힘껏 공을 내던졌다.

후아앗!

한가운데로 날아들던 공이 마지막 순간에 바깥쪽으로 꼬리를 말며 멀어졌다.

포심 패스트볼이라 여기고 마중을 나왔던 디 오든이 냉큼 허리를 멈춰 세워봤지만 3루심은 방망이 헤드가 돌아갔다며 주먹을 들어 올렸다.

"젠장할!"

디 오든이 불만스럽게 투덜거렸다. 방망이가 살짝 돌아간 걸 가지고 스윙 판정을 하다니.

덕분에 볼카운트가 완전히 몰리고 말았다.

"후우, 보나마나 유인구가 들어오겠지."

디 오든은 앞서 상대했던 한국 투수들처럼 한정훈도 유인구로 자신의 방망이를 끌어낼 것이라고 여겼다.

적어도 2개 정도는 유인구를 던진 뒤에야 자신과 승부를 볼 것이라고 판단했다.

하지만 그건 한정훈의 성격을 모르고 하는 말이었다.

"정훈아, 끝내자."

궁지에 몰린 디 오든을 바라보며 강민오가 씩 웃었다.

그의 미트는 모든 타자가 치고 싶어 사족을 못 쓴다는 한가운데 높은 쪽으로 움직였다.

'형도 참.'

꿈틀거리는 입가를 잡아 내리며 한정훈도 가볍게 고개를 끄덕였다.

그리고 강민오의 미트를 향해 있는 힘껏 공을 내던졌다.

후아앗!

바람 소리와 함께 한정훈의 공이 홈 플레이트 한가운데로 날아들었다.

순간, 디 오든이 반사적으로 방망이를 휘둘러 봤지만 솟구치듯 치솟은 공은 그대로 스윙을 뚫고 강민오의 미트 속에 파묻혔다.

퍼엉!

묵직한 포구음이 경기장을 쩌렁하게 울렸다. 그와 동시에 미국 중계 부스에서도 탄성이 터져 나왔다.

-와우! 와우! 와우!

-100mile/h의 하이 패스트볼입니다. 정말 대단하네요.

-그런데 조금 전에 마운드에 올랐던 투수가 누구였죠?

-하하, 장난하지 마세요. 시청자들은 당신이 치매에 걸린 줄 안다고요.

-농담이 아니라 코리안 쇼크의 충격적인 삼진 때문에 지금이 1회 초인지 1회 말인지 기억이 나질 않아요.

-이 이야기를 매드 범이 듣지 않기를 진심으로 바랍니다.

중계 카메라에 잡힌 관중들도 하나같이 놀란 표정이었다.

5년 연속 3할이 넘는 타율로 말린스 타선을 이끌고 있는 디 오든이 공을 건드리지도 못하고 3구 삼진으로 물러나는 장면은 결코 흔히 볼 수 있는 게 아니었다.

그마저도 대부분 각도 큰 변화구를 섞어 디 오든의 타이밍을 빼앗았던 게 대부분이었다.

한정훈처럼 패스트볼 하나로, 마치 힘으로 찍어 누르듯이 디 오든을 제압하는 투수는 메이저리그를 통틀어도 손에 꼽을 정도였다.

"후우……."

당사자인 디 오든도 고개를 절레절레 흔들며 더그아웃으로 몸을 돌렸다.

그러자 2번 타자 에이던 이튼이 짓궂은 얼굴로 물었다.

"뭐야, 너. 화장실이라도 급했던 거야?"

평소 디 오든이라면 팔꿈치로 툭 치며 장난을 받아주었을 것이다.

하지만 이번만큼은 도저히 그럴 기분이 아니었다.

"정신 차려."

"……뭐?"

"정신 차리라고."

"뭔 소리야?"

에이던 이튼이 고개를 갸웃거렸다.

디 오든이 생각지도 않았던 삼진을 먹고 잠시 정신이 나간 것처럼 느껴졌다.

하지만 디 오든의 충고가 뼈저리게 느껴지기까지는 그리 오랜 시간이 필요하지 않았다.

퍼엉!

초구, 홈 플레이트 바깥쪽을 스치듯 사라져 버린 99mile/h의 패스트볼.

퍼엉!

2구, 감히 움찔하지도 못하게 만들어버린 몸 쪽 높은 98mile/h의 패스트볼.

두 개의 패스트볼에 투 스트라이크로 몰리고서야 에이든 이튼은 한정훈의 투구 스타일을 깨달았다.

사냥꾼.

그것도 결코 허투루 총알을 낭비하지 않는 최고의 사냥꾼.

꿀꺽.

에이던 이튼은 마른침을 꿀꺽 삼켰다.

선수 생활을 하며 지금껏 수도 없이 투 스트라이크 상황에 몰려봤지만 지금처럼 긴장이 되긴 처음이었다.

"후우⋯⋯."

그런 에이던 이튼을 조롱하듯 한정훈이 길게 로진 가루를 불어냈다.

"저 자식이!"

에이던 이튼이 울컥하고 감정을 토해냈다. 하지만 그래 봐야 달라지는 건 없었다.

후아앗!

한정훈의 손끝을 떠난 공이 순식간에 에이던 이튼의 몸 쪽을 파고들었다.

에이던 이튼이 반사적으로 방망이를 휘돌려 봤지만 마지막 순간 꺾인 공은 손잡이 윗부분을 스쳐 지나 강민오의 미트 속으로 빨려 들어갔다.

─와우! 이번엔 커터입니다!

─코리안 쇼크! 지난 5차전에서 던지지 않았던 커터로 에이던 이튼을 집아냅니다.

─정말 날카로운 커터입니다. 에이던 이튼의 스윙이 늦은 것도 있지만 저 지점에서 저렇게 꺾여 버리면 좌타자들이 애를 먹을 수밖에 없을 것 같습니다.

─구속도 96mile/h(≒154.5km/h)이나 나왔습니다.

─엄청난 커터네요. 이 공을 양키즈 스타디움에서 보니 꼭 마리아 리베라가 마운드에 서 있는 것 같은 기분마저 듭니다.

디 오든에 이어 에이던 이튼까지 3구 삼진으로 돌려세우자 양키즈 스타디움의 분위기도 달라졌다.

"봤지? 저게 바로 코리안 쇼크라고."

"세상에! 에이던 이튼을 단숨에 겁쟁이로 만들어버렸어!"

에디슨 범가너의 완벽한 피칭에 환호하던 관중들은 너 나 할 것 없이 한정훈을 입에 올렸다.

심지어 자이언츠 팬들은 한정훈과 에디슨 범가너를 앞세워 월드 시리즈를 장기 집권해야 한다고 목소리를 높였다.

"범가너가 은퇴하기 전에 한정훈을 자이언츠로 데려와야 해!"

"하지만 한정훈은 한국 팀과의 계약에 묶여 있잖아?"

"내후년이면 해외 진출이 가능하다고 알고 있어. 그때까지만 기다리면 돼!"

"내후년? 그건 너무 늦어. 범가너의 나이를 생각해야지!"

"무슨 소리야? 범가너는 앞으로 5년은 거뜬할 거야."

"맞아. 구속은 조금 떨어지겠지만 적어도 2선발 역할은 충분히 해줄 거야."

"2선발이라니? 설마 지금 범가너가 아니라 한정훈이 에이스라고 말하는 거야?"

"당연한 거 아냐? 저 압도적인 피칭을 보라고! 범가너가 아니라 커셔라 하더라도 에이스 자리를 내줘야 할걸?"

"이 멍청이들아! 어차피 두 시즌 정도는 한정훈의 적응을 위해 범가너가 1선발을 맡아주는 게 좋다고. 그럼 자연스럽게 그 문제는 해결되는 거잖아?"

"좋아, 좋아. 이제 남은 건 구단의 결단뿐이야."

현재 자이언츠는 에디슨 범가너 이외에는 믿을 만한 투수가 없는 상태였다.

자이언츠 구단에서 해마다 에디슨 범가너의 짝이 될 만한 투수를 영입해 왔지만 이렇다 할 성과를 거두지 못하고 있었다.

그렇다 보니 자이언츠 팬들은 한정훈을 간절히 원했다.

우완 강속구 투수에 메이저리그 올스타 중심 타자들을 연속 삼진으로 돌려세울 정도의 강심장을 지녔으니 에디슨 범가너의 파트너로 제격이라는 것이다.

"코리안 쇼크를 절대 다저스에 빼앗겨서는 안 돼!"

"끔찍한 소리 하지 마! 만약 그랬다간 자이언츠의 월드 시리즈는 없어질 거라고."

자이언츠 팬들은 한정훈이 다저스의 유니폼을 입는 상황을 경계했다.

이미 다저스는 클레이튼 커셔-류현신-마에다 켄타로 이어지는 탄탄한 선발진을 갖추고 있었다.

여기에 한정훈이 포함될 경우 자이언츠의 지구 우승은 요원해질 수밖에 없었다.

하지만 현실적으로 한정훈이 다저스에 입단할 가능성은 그다지 높아 보이지 않았다.

"걱정 마! 짠돌이 앤디 프리드먼은 결코 지갑을 열지 않을 테니까."

메이저리그 소식에 정통한 팬들은 오버 페이를 혐오하는 앤디 프리드먼 다저스 사장의 성향을 근거로 다저스의 한정훈 영입은 불가능하다고 선을 그었다.

분위기상 마지못해 한정훈 영입전에 뛰어들긴 하겠지만 포스팅의 승자가 되려 하지는 않을 것이라고 전망했다.

그래서 메이저리그의 다른 단장들도 다저스를 한정훈 영입의 유력 후보군에서 제외시켜 놓았다.

이미 류현신이라는 한국인 투수를 보유한 상황에서 굳이 출혈을 감수하면서까지 한정훈을 데려오려 할 리 없다는 것이었다.

하지만 애석하게도 한정훈의 피칭을 두 눈으로 직접 확인한 앤디 프리드먼 사장의 판단은 달라진 지 오래였다.

그 와중에 한정훈이 3번 타자 브레이브스 하퍼를 초구에 포수 파울 플라이로 돌려세우자 앤디 프리드먼은 마음을 굳히듯 주먹을 움켜쥐었다.

"그린, 혹시 그동안 나를 선수도 볼 줄 모르는 바보 멍청이로 생각했다면…… 이해할게요. 내가 어리석었어요."

앤디 프리드먼 사장이 뜨거워진 눈으로 보좌역 그린 매덕스를 바라봤다.

어지간해서는 자신의 실패나 잘못을 인정하지 않는 그였지만 이번만큼은 고해성사를 하지 않고는 견딜 수가 없었다.

"바보 멍청이라고 생각한 적은 없습니다. 다만……."

"다만?"

"한정훈을 다른 구단에 빼앗기면 책임을 지고 보좌역을 그만두려고 했습니다."

그린 매덕스가 속마음을 솔직하게 털어놓았다.

"와우, 지금 나를 협박하는 건가요?"

앤디 프리드먼 사장이 입을 쩍 하고 벌렸다.

설마하니 이 타이밍에서 그린 매덕스가 그런 말을 하리라고는 예상하지 못한 것이다.

하지만 앤디 프리드먼 사장을 도와 다저스의 미래가 될 만한 투수들을 육성하기 위해 보좌역으로 선임된 그린 매덕스의 입장에서는 당연한 수순이었다.

"협박이 아니라 사실을 말씀드린 겁니다."

그린 매덕스가 무표정한 얼굴로 말했다.

그제야 상황의 심각성을 인식한 앤디 프리드먼 사장이 무겁게 한숨을 내쉬었다.

"미안해요. 하지만 내 입장에서는 신중할 수밖에 없었어요. 그렇게 일을 하라고 구단주가 날 사장 자리에 앉힌 거니까요."

몇 년 전까지만 해도 다저스는 우승을 위해 스타플레이어들에게 과감한 투자를 아끼지 않았다.

하지만 그 결과는 썩 달갑지 않았다.

메이저리그 최강, 아니, 우주 최강이라 불리는 클레이튼 커셔를 보유하고서도 32년 동안 월드 시리즈는 구경조차 하지 못하는 상황이었다.

압도적인 실력으로 지구 우승을 해도 포스트 시즌에서 번번이 카디널스와 자이언츠에게 발목이 잡혔다.

우승을 하지 못한 팀이 우승팀보다 훨씬 많은 돈을 쓴다는 건 경영진에게 부담으로 작용할 수밖에 없었다.

그래서 앤디 프리드먼 사장은 합리적인 선수 영입을 철칙으로 세웠다.

그래야만 설사 우승을 하지 못하더라도 다저스의 전력을 최대한 유지시킬 수 있다고 여겼다.

그런 앤디 프리드먼 사장에게 일본도 아닌 한국 리그에서 호투하는 한정훈은 계륵처럼 느껴질 수밖에 없었다.

앤디 프리드먼 사장은 한정훈이 류현신과 비슷한 수준일 것이라고 여겼다.

류현신이 한국 리그를 씹어 먹고 메이저리그에 진출했던 만큼 비슷한 길을 걷고 있는 한정훈이 류현신에 비해 월등히 나을 것이라고는 생각하지 않았다.

그래서 3억 달러까지 치솟은 한정훈의 몸값에 강한 거부 반응을 보냈다.

한국 리그보다 한 수 위라 평가받는 일본 리그에서 활약한 마에다 켄타도 8년간 2,400만 달러에 다저스의 유니폼을 입었다.

한정훈의 구위가 마에다 켄타보다 뛰어나고 나이가 훨씬 어리다는 걸 감안해도 5년 기준 5,000만 달러 이상은 무리라고 판단했다.

하지만 지난 5차전에서 두 눈으로 직접 본 한정훈의 퍼포먼스는 총액 5천만 달러가 아니라 매해 5천만 달러를 받아도 손색이 없을 만큼 강렬하고 압도적이었다.

앤디 프리드먼 사장은 일정까지 취소하며 7차전을 지켜보기 위해 양키즈 스타디움을 찾았다.

그리고 1회 초, 한정훈이 세 타자를 깔끔하게 요리하는 모습을 보고 완전히 반해 버렸다.

단순히 개인적인 판단 때문만은 아니었다.

앤디 프리드먼 사상의 권유로 경기를 직관 중인 수많은 투자자도 한목소리로 한정훈을 잡으라고 말했다.

돈이 얼마가 들어도 상관없으니 한정훈을 다저스 스타디움 마운드에 세워야 한다고 강권했다.

앤디 프리드먼 사장도 단 7개의 공으로 5만여 명의 관중을 자신의 팬으로 만들어버린 한정훈을 놓치고 싶지 않았다.

"경기가 끝나고 한정훈 선수와 함께 식사를 하는 게 어떨까요?"

앤디 프리드먼 사장이 그린 매덕스를 바라봤다.

"가능하다면 저는 환영입니다."

그린 매덕스가 흔쾌히 고개를 끄덕거렸다.

한정훈을 노리는 단장들이 한둘이 아닌 만큼 쉽지 않은 일이 되겠지만 정말로 식사 자리가 마련된다면 기필코 참석할 생각이었다.

"메이저리그의 전설이 함께 해준다면 한정훈 선수도 분명 마음이 움직일 겁니다."

앤디 프리드먼 사장은 한정훈을 반쯤 영입한 것처럼 굴었다.

이미 그의 머릿속에는 류현신을 통해 한정훈과 접촉한 뒤 그린 매덕스를 앞세워 다저스에게 호감을 갖게 만들겠다는 계획이 들어선 지 오래였다.

하지만 그린 매덕스의 우려처럼 한정훈에게 반한 구단은 다저스만이 아니었다.

한정훈을 보기 위해 몰려든 각 구단의 수뇌부들 때문에 양키즈 스타디움의 VIP룸은 일찌감치 동이 난 상황이었다.

당연하게도 한정훈의 피칭이 가장 잘 보이는 VIP룸은 양키즈의 핵심 멤버들이 차지하고 있었다.

양키즈의 단장인 브라이언 캐시를 필두로 양키즈의 영원한 주장이자 은퇴 후 구단 보좌역으로 일하고 있는 에릭 지터, 호르에 포사다, 그리고.

"와우!"

한정훈의 투구에 연신 감탄만 늘어놓는 앤디 패티스까지.

양키즈 팬들이 봤다면 눈이 휘둥그레질 광경이었다.

특히나 은퇴한 이후 바쁘게 지내는 에릭 지터와 호르에 포사다, 앤디 패티스가 이렇게 한자리에 모이기란 쉽지 않은 일이었다.

양키즈 구단에서도 공식적인 행사가 아니고서야 감히 은퇴한 레전드들을 함부로 불러 모으지 못했다.

그럼에도 브라이언 캐시 단장과 세 레전드가 사이좋게 앉아 야구 경기를 관람할 수 있는 건 다름 아닌 한정훈 덕분이었다.

"어이, 주장 나리. 어때? 정훈을 직접 본 소감이?"

공수 교대가 되자 호르에 포사다가 에릭 지터를 바라봤다.

오래전부터 한정훈의 영입에 공을 들여온 브라이언 캐시 단장과 앤디 패티스는 한정훈에게 빠져 버린 지 오래였다.

자신도 마찬가지.

경기 전 몇 개의 공을 받아본 것만으로도 한정훈에 대한 절대적인 믿음이 생겼다.

하지만 에릭 지터는 달랐다.

본래 선수 평에 박한 면이 없지 않았지만 한정훈의 경이로운 투구를 보고도 그 흔한 감탄조차 내뱉지 않았다.

"뭘 물어봐? 당연히 놀랐겠지. 안 그래?"

앤디 패티스가 냉큼 끼어들었다.

자리에 모인 모든 이가 엄지를 들고 있는데 에릭 지터라고 다르지는 않을 것이라 여겼다.

"좋은 투수네. 확실히 공을 던질 줄 알아."

에릭 지터가 마지못해 입을 열었다.

하지만 그의 말투 속에는 아직 한정훈을 100퍼센트 인정한 게 아니라는 고집 같은 게 섞여 있었다.

"왜? 한판 붙고 싶은 거야?"

호르에 포사다가 씩 웃었다.

자신들 중에서 은퇴가 가장 늦었던 에릭 지터다 보니 은연

중에 호승심이 끓어오르는 것이라고 여겼다.

"가능하다면."

에릭 지터도 속내를 숨기지 않았다.

은퇴 후 부쩍 살이 붙은 호르에 포사다나 앤디 패티스와는 달리 에릭 지터는 현역 시절에 버금가는 몸 상태를 유지하고 있었다.

브라이언 캐시 단장이 에릭 지터를 위해 유격수 자리를 비워준다면 현역 복귀를 긍정적으로 생각할 수 있을 정도였다.

그러자 앤디 패티스가 코웃음을 쳤다.

"그런 열정은 네 어린 여자 친구에게나 쏟아부으라고. 이번엔 몇 살 차이라고 했지? 18살? 19살?"

"부러우면 부럽다고 말해."

"오우, 주장. 연애도 좋지만 이제 괜찮은 여자를 만나서 결혼하는 게 어때?"

"너야말로 이것저것 아무거나 주워 먹는 버릇 좀 고치지?"

"뭐라고?"

앤디 패티스와 에릭 지터의 날 선 시선이 허공에서 맞부딪쳤다.

그 모습을 지켜보던 브라이언 캐시 단장이 고개를 흔들어 댔다.

선수 시절부터 강했던 자존심은 은퇴를 한 이후에도 누그러질 기세가 보이지 않았다.

만약 다른 자리 같았다면 둘 사이의 신경전이 끝날 때까지 잠시 자리를 비우면 그만이었다.

하지만 한정훈에게 핀 스트라이프를 입히기 위해 만든 자리인 터라 차마 그럴 수가 없었다.

"그만들 좀 해. 언제까지 애들처럼 싸울 거야?"

보다 못한 호르헤 포사다가 중재에 나섰다. 그러면서 앤디 패티스에게 눈치를 줬다.

앤디 패티스가 괜히 나선 탓에 에릭 지터의 진짜 속마음을 들을 기회를 날렸다고 생각한 것이다.

하지만 에릭 지터도 그 정도로 속이 좁지는 않았다.

그랬다면 스타플레이어들이 넘쳐나는 양키즈에서 오랫동안 주장을 역임하지도, 수많은 할리우드 스타들과 염문설을 뿌려대지도 못했을 것이다.

"어쨌든 코리안 쇼크라면 뉴 코어 4의 주축은 되어주겠지."

에릭 지터가 에둘러 한정훈에 대한 평가를 털어놓았다.

한정훈을 자신들처럼 코어 4가 될 자질을 갖췄다고 인정한 것이다.

에릭 지터, 호르헤 포사다, 마리아 리베라, 앤디 패티스.

메이저리그 팬들은 양키즈의 황금기를 이끌었던 프랜차이즈 스타 네 명을 가리켜 코어 4라 불렀다.

그리고 이들의 뒤를 받쳐 줄 새로운 코어 4가 등장해 양키즈를 정상에 올려주길 염원했다.

하지만 아직까지도 코어 4에 견줄 만한 뉴 코어 4의 재목은 보이지 않았다.

몇몇 젊은 선수가 팬들의 입에 오르내렸지만 코어 4는 그들 중 누구도 인정하지 않았다.

어쩌면 당연한 일.

각자의 포지션에서 한 시대를 풍미했던 전설급 선수가 된다는 게 말처럼 쉬울 리 없었다.

그런데 에릭 지터의 입에서 뉴 코어 4라는 말이 나왔다.

아직 보여준 게 없으니 대놓고 추켜세우지는 않았지만 적어도 대단한 선수가 될 가능성만큼은 인정한 셈이었다.

그 점에 대해서 앤디 패티스도 공감하듯 고개를 끄덕거렸다.

"암, 코리안 쇼크라면 뉴 코어 4가 아니라 날 밀어내고 코어 4가 된다고 해도 이상하지 않을 거야. 적어도 난 저 나이 때 저만큼 잘 던지지 못했으니까."

앤디 패티스의 시선이 다시 그라운드로 향했다.

한국 올스타 대표팀의 2회 초 공격은 득점 없이 끝이 났다.

5번 타자 강준호가 에디슨 범가너의 패스트볼을 잡아당겨 안타를 때려냈지만 후속 타자들이 범타로 물러나며 2사 2루의 득점 기회를 살리지 못했다.

덩달아 브라이언 캐시 단장과 에릭 지터, 호르에 포사다도 입을 다물었다.

공교롭게도 그들의 눈동자는 한정훈을 담고 있었다.

그것은 다른 메이저리그 구단의 관계자들도 마찬가지였다.

"코리안 쇼크가 마운드에 올랐네요."

"4-5-6번 타순이죠?"

"첫 타자부터 마이클 트라우스라니. 정말 기대됩니다."

한정훈이 미국 올스타 대표팀의 거포들을 상대로 5차전과 같은 위력적인 모습을 보여줄 수 있을지 기대감을 부풀렸다.

하지만 최대한 오랫동안 마운드 위에서 버텨야 한다는 특명을 받은 한정훈의 피칭은 5차전과는 사뭇 달랐다.

따악!

한정훈이 초구로 내던진 바깥쪽 공에 마이클 트라우스의 방망이가 움직였다.

타격음은 최소 펜스를 직격하는 장타처럼 시원하게 경기장을 울렸다.

그러나 타구는 3루수 강준호의 정면으로 데굴데굴 굴러가고 말았다.

제자리에서 포구한 강준호가 1루에 공을 송구하며 포스아웃.

-허……!

-그렇게 기다렸던 대결이 이렇게 허무하게 끝나는군요.

52장
한정훈 vs 범가너(2)

한정훈과 마이클 트라우스의 리벤지 매치라며 한껏 긴장
감을 고조시켰던 미국 중계석을 허탈하게 만들고 말았다.

　그러나 그런 매덕스를 비롯한 투수 출신 관계자들은 하나
같이 고개를 끄덕거렸다.

　아직 확실하게 말하긴 어렵지만 마이클 트라우스의 초구
타격을 우연이라 여기지 않은 것이다.

　마이클 트라우스에 이어 타석에 들어선 5번 타자 놀란 아
레나스는 일부러 시간을 끌었다.

　마이클 트라우스가 성급하게 초구를 건드린 탓에 머릿속
을 정리할 틈이 없었던 것이다.

　'마이클 트라우스에게 체인지업을 던졌으니 내게는 패스

트볼로 승부하겠지.'

결국 놀란 아레나스는 마이클 트라우스처럼 패스트볼에 포커스를 맞췄다.

마이클 트라우스를 엿 먹였던 체인지업은 머릿속에서 완전히 지워 버렸다.

설사 체인지업이 한가운데로 들어온다 하더라도 건드리지 않을 생각이었다.

하지만

따악!

패스트볼만 치겠다고 굳게 다짐했던 놀란 아레나스는 너울거리며 들어오는 너클 커브에 속아 방망이를 내밀고 말았다.

높게 솟은 타구는 3루 쪽 파울 지역에서 잡혔다.

그나마 타구를 정신없이 달려온 좌익수 김연우가 잡으면서 3루수 파울 플라이가 좌익수 파울 플라이로 변했다는 게 유일한 위안거리였다.

"뭐야?"

"뭐가 어떻게 된 거야?"

한정훈이 공 2개 만에 투 아웃을 잡아내자 양키즈 스타디움이 술렁거렸다.

마운드에 오른 투수가 1회 초까지만 해도 불같은 강속구를 내던지던 한정훈이 맞나 싶을 정도였다.

"어깨라도 다친 건가?"

타석에 들어선 6번 타자 폴 골드슈이드도 미심쩍은 눈으로 한정훈을 바라봤다.

어쩌면 오프 시즌에 100mile/h대의 패스트볼을 던졌던 게 어깨에 부담을 줬을지도 모른다는 생각이 들었다.

하지만 그것도 잠시.

퍼엉!

순식간에 눈앞을 스쳐 지난 패스트볼을 바라보며 폴 골드슈이드는 자신이 대단한 착각을 했다는 사실을 깨달았다.

99mile/h(≒159.3㎞/h)

전광판에 찍힌 구속보다 훨씬 빠른 공이 건드릴 만한 여운조차 주지 않고 바깥쪽 스트라이크 코스를 스치듯 지나가 버렸다.

"스트라이크!"

구심이 기다렸다는 듯이 주먹을 들어 올렸다.

폴 골드슈이드가 멀었다고 항변했지만 구심은 단호히 고개를 흔들어 댔다.

현지 중계팀의 투구 궤적 시스템상으로도 한정훈의 초구가 심판의 스트라이크존에 걸친 것으로 드러났다.

"저걸 어떻게 치라는 거야?"

폴 골드슈이드가 무겁게 한숨을 내쉬었다.

그리고 복잡해진 얼굴로 한정훈을 바라봤다.

초구에 바깥쪽 포심 패스트볼이 들어왔으니 2구는 몸 쪽에 하나 붙여 넣을 가능성이 높았다.

또다시 포심 패스트볼을 던지지 않는다고 가정했을 때 던질 만한 공은 투심 패스트볼이나 체인지업.

폴 골드슈이드는 그중 체인지업 쪽으로 노림수를 잡아갔다.

그러나 막상 한정훈의 손끝을 빠져나온 공은 빠른 속도로 바깥쪽 코스를 파고들었다.

'젠장할!'

폴 골드슈이드는 다급히 방망이를 내질렀다.

이번 공마저 놓쳤다간 한정훈이 대놓고 바깥쪽만 파고들 것 같았다.

하지만 쭉 뻗은 방망이를 농락하듯 공은 마지막 순간에 바깥쪽으로 도망쳐 버렸다.

'커터!'

폴 골드슈이드의 얼굴이 와락 일그러졌다.

뒤이어 울려 퍼진 묵직한 포구음이 그를 더욱 짜증스럽게 만들었다.

"후우……."

타석 밖으로 물러나며 폴 골드슈이드는 한참 동안이나 분을 삭였다.

초구 바깥쪽 꽉 찬 포심 패스트볼과 2구 바깥쪽으로 유인하듯 날아든 커터.

상대가 패스트볼 계열을 주로 던지는 한정훈이라면 충분히 예상 가능한 레퍼토리였다.

문제는 마이클 트라우스와 놀란 아레나스에게 던진 공들은 전혀 달랐다는 것이다.

물론 마이클 트라우스와 놀란 아레나스를 삼진으로 돌려세웠다는 자신감 때문에 일부러 변화구 승부를 가져간 것일 수도 있었다.

하지만 순식간에 투 스트라이크에 몰리고 보니 한정훈이 왠지 자신을 만만하게 여기는 것 같다는 생각을 떨쳐 내기 어려웠다.

'어디 그 잘난 패스트볼을 또 던져 봐라!'

폴 골드슈이드가 빠득 이를 갈았다.

올 시즌 50개가 넘는 공들을 담장 밖으로 넘긴 브라이브스 하퍼나 마이클 트라우스, 놀란 아레나스만은 못하지만 매 시즌 30개 정도의 홈런을 때려낼 만큼 한 방을 갖춘 자신을 무시할 수 있는 메이저리그 투수는 손에 꼽을 정도였다.

그런데 고작 한국의 투수가 자신을 이토록 무시하다니.

도저히 참아줄 수가 없었다.

'단단히 열이 받으셨군.'

폴 골드슈이드의 사나워진 표정을 확인한 강민오가 피식

웃었다.

그러고는 보란 듯이 몸 쪽으로 미트를 움직였다.

바짝 독이 오른 강타자를 상대로 몸 쪽 공을 던지는 건 어지간한 투수들은 엄두조차 내지 못하는 일이었다.

자신의 공에 확신을 갖는 제구력 좋은 투수들조차 세 번 중에 두 번은 고개를 저어댈 정도였다.

그러나 한정훈은 아무렇지도 않게 고개를 끄덕거렸다.

그리고 자신을 죽일 듯이 노려보는 폴 골드슈이드를 향해 힘껏 공을 내던졌다.

후아앗!

바람 소리와 함께 날아든 공이 점점 가까워지자 폴 골드슈이드가 보란 듯이 이를 악물었다.

'이 자식이이!'

폴 골드슈이드는 평소보다 한 타이밍 빠르게 허리를 휘돌렸다.

인정하고 싶지 않지만 100mile/h에 가까운 한정훈의 패스트볼에 대처하기 위해서는 스윙을 조금 더 빠르게 가져갈 수밖에 없었다.

후우웅!

허공을 가르는 폴 골드슈이드의 방망이 소리가 강민오의 귓가를 매섭게 울렸다.

하지만 강민오는 눈 하나 까딱하지 않았다. 오히려 씩 웃으며 미트를 슬그머니 아래쪽으로 기울였다.

그 순간, 역회전에 걸린 공이 갑자기 가라앉기 시작했다.

'헉! 스플리터……!'

뒤늦게 한정훈에게 속았다는 사실을 알아챈 폴 골드슈이드는 아차 싶었다.

그러나 이제 와 그가 할 수 있는 건 아무것도 없었다.

100mile/h의 포심 패스트볼을 통타하기 위해 날카롭게 휘두른 방망이의 헤더는 일찌감치 홈 플레이트를 스쳐 지난 뒤였다.

여기서 허리를 멈춰 세운다 한들 스윙이 무효가 될 가능성은 없었다.

'젠장할!'

결국 폴 골드슈이드는 분노를 담아 애꿎은 허공에 화풀이를 해댔다.

스윙 스트라이크 아웃.

그렇게 2회 말 공격이 순식간에 끝이 났다.

"와우."

그 모습을 지켜보던 앤디 패티스가 또다시 탄성을 터뜨렸다.

하지만 그 느낌은 앞선 1회 때의 호들갑스러웠던 탄성과사뭇 달랐다.

에릭 지터도 반응도 마찬가지였다.

"대단하군."

1회 때와는 전혀 다른 표정으로 마운드를 내려가는 한정훈을 뚫어져라 바라봤다.

"저 녀석은 진짜야."

호르에 포사다노 한마디 거들었다.

한국 포수의 리드도 훌륭했지만 다소 위험할지도 모르는 리드에 완벽한 공으로 부응하는 한정훈의 피칭은 닭살이 돋을 정도였다.

"한정훈이 맞춰 잡을 줄도 아는군."

브라이언 캐시 단장도 마지못해 칭찬 행렬에 동참했다.

그가 보기에는 1회 때의 압도적인 피칭이 더 나아 보였지만 그렇다고 이런 분위기에서 어깃장을 놓고 싶진 않았다.

그때였다.

"늦어서 미안."

문이 열리며 코어 4의 마지막 멤버, 마리아 리베라가 들어왔다.

그러자 앤디 패티스가 기다렸다는 듯이 마리아 리베라에게 들러붙었다.

"봤어?"

"한정훈의 투구?"

"그래! 본 거야, 못 본 거야?"

"폴 골드슈이드를 삼진으로 돌려세우는 거라면 봤어."

마리아 리베라가 삼진을 강조하듯 말했다.

앤디 패티스가 한정훈의 시원시원한 피칭에 매료됐다고 넘겨짚은 것이다.

하지만 앤디 패티스가 말하려던 건 그 장면이 아니었다.

"아, 제길. 마이클 트라우스와 놀란 아레나스를 상대하던 장면을 봤었어야지!"

"왜? 어땠는데?"

"놀라지 마. 한정훈이 마이클 트라우스에게 초구에 뭘 던졌는지 알아?"

"포심?"

"아니, 체인지업. 그것도 손가락 감각만으로 회전을 바꿔 던진다는 그 변종 체인지업."

"아아, 그 우타자 바깥쪽으로 흘러나가는 슬라이더성 체인지업?"

"바로 그거야!"

"흠……. 그럼 마이클 트라우스가 쳐 냈을 텐데?"

마리아 리베라가 살짝 미간을 찌푸렸다.

패스트볼에 강점을 보이는 한정훈이 메이저리그를 통틀어 첫 손에 꼽히는 강타자 마이클 트라우스를 상대로 초구에 체인지업을 던졌다는 게 상식적으로 이해가 가질 않았다.

그러나 앤디 패티스의 이야기는 아직 끝나지 않았다.

"물론 쳐 냈지. 쳐 냈는데 3루 땅볼이었다고."

"3루 땅볼?"

"한정훈의 영리한 투구가 마이클 트라우스를 바보로 만든 거지!"

침을 튀기며 상황을 설명하던 앤디 패티스가 주먹을 불끈 쥐었다.

자신도 모르게 그때의 짜릿한 기분이 되살아난 모양이었다.

하지만 한정훈의 피칭을 제대로 보지 못한 마리아 리베라는 여전히 이해할 수 없다는 표정이었다.

"앤디가 너무 흥분해서 그래."

호르에 포사다가 피식 웃으며 대화에 끼어들었다.

그러고는 앤디 패티스를 대신해 조금 더 자세하게 상황을 설명했다.

"그러니까 한정훈이 1회에는 패스트볼만 던졌단 말이지?"

"그래. 너도 지난 5차전은 봤겠지만 마이클 트라우스를 상대하면서도 전부 패스트볼만 던졌잖아? 마이클 트라우스의 머릿속에는 당연히 패스트볼이 강하게 남아 있었겠지."

"흠……. 그런데 초구에 체인지업을 던졌다? 그것도 변종으로?"

"애당초 땅볼로 유도할 생각이었겠지. 평범한 체인지업이었다면 마이클 트라우스가 얼마든지 안타로 만들어냈을 테니까."

"마이클 트라우스의 기술이라면 확실히 그럴 가능성이 높지. 그런데 갑자기 체인지업은 왜 던진 거지? 1회 투구 수가 많았나?"

"아니, 투구 수는 7개였어."

"그렇다면……."

"맞아. 단순히 투구 수를 아끼기 위한 게 아니었던 거야."

"흠, 결국 패스트볼뿐만 아니라 체인지업도 있다는 걸 보여주려고 했던 거로군?"

"그렇지. 그래서 놀란 아레나스도 초구에 들어온 너클 커브를 건드리고 만 거고."

호르에 포사다의 부연 설명을 듣고서야 마리아 리베라가 고개를 주억거렸다.

앞선 경기, 그리고 앞선 이닝의 투구 스타일을 바탕으로 타자들의 노림수를 파악하고 그것을 대담하게 역으로 이용한다는 건 어지간한 팀의 에이스급 투수들도 쉽게 하지 못하는 피칭이었다.

"그런데 꼭 그럴 필요가 있을까?"

잠자코 이야기를 듣고 있던 브라이언 캐시 단장이 슬쩍 질문을 던졌다.

솔직히 그가 원하는 건 메이저리그 올스타 중심 타자들을 전부 삼진으로 돌려세울 만큼 압도적인 한정훈이었다.

효율적으로 공을 던져 타자들을 맞춰 잡는 여우 같은 투수가 아니었다.

그러자 마리아 리베라가 피식 웃으며 말을 받았다.

"만약 한정훈이 내 뒤를 잇는다면 그럴 필요는 없겠죠. 하지만 앤디의 뒤를 이어야 한다면 조금 더 타자들의 머리 위에서 놀 필요가 있습니다."

메이저리그 역대 최다 세이브 기록을 보유 중인 마리아 리베라가 전성기에 주로 던졌던 공은 커터 하나뿐이다.

포심 패스트볼과 투심 패스트볼을 섞어 던지긴 했지만 그 비율은 채 20퍼센트도 되지 않았다.

타자들도 마리아 리베라를 상대할 때 커터 하나만 머릿속에 그리고 타석에 들어섰다.

하지만 마리아 리베라의 커터는 알고서도 치기 어려웠다.

오죽했으면 메이저리그를 통틀어 8대 마구로 꼽힐 정도였다.

한정훈이 선발투수가 아니라 마무리투수로 전향한다면 굳이 다채로운 구종으로 타자들의 눈을 현혹시킬 필요가 없었다.

100mile/h을 넘나드는 포심 패스트볼과 수준급 투심 패스트볼, 커터, 거기에 포심 패스트볼과 짝을 이루면 마구처럼 변하는 스플리터까지.

이 네 개의 구종만으로도 얼마든지 타자들을 요리할 수 있었다.

하지만 한정훈이 앤디 패티스의 뒤를 이어 양키즈의 선발 마운드를 이끌어야 한다면 이야기는 달라진다.

1이닝 남짓을 던지는 마무리투수와는 달리 6회 이상의 투구 이닝이 요구되는 선발투수는 한 경기에 같은 타자를 최소 2번 이상 상대해야 한다.

시즌이 거듭될수록 같은 타자를 상대하는 횟수는 더 늘어난다.

같은 지구 팀과 한 시즌 20번 싸워야 한다고 가정했을 때 한 명의 선발투수가 담당해야 할 경기 수는 평균 4경기가 된다.

같은 지구 팀의 주전 타자를 한 해에만 10번 내외로 만나게 되는 것이다.

제아무리 100mile/h의 빠른 공이라 하더라도 자주 보면 눈에 익게 마련이다.

하물며 10번, 20번, 30번 계속 상대하다 보면 타자들이 방망이에 공을 맞춰낼 확률도 높아지게 된다.

만약 한정훈이 오늘 경기 내내 패스트볼 위주로 피칭을 이어갔다면 한 차례쯤은 위기가 찾아왔을 가능성이 있었다.

한정훈의 공이 낯설고 빠르다 해도 미국 올스타 대표팀은 메이저리그 내에서도 내로라하는 선수들로 구성되어 있었다.

솔직히 한정훈을 상대로 승리하기 위해 조직된 팀이라고

해도 과언이 아닐 정도였다.

게다가 1회 말 타석에 들어선 미국 대표팀 타자들도 하나같이 한정훈의 패스트볼만 노렸다.

5차전에 잠깐 본 한정훈의 피칭에 대한 분석이 어느 정도 이루어졌다는 이야기였다.

하지만 한정훈이 2회 말 변화구를 섞어 던지면서 타자들의 노림수가 완전히 깨져 버렸다.

패스트볼만 노리는 것도 버거운데 체인지업과 너클 커브에 대처하기란 쉽지 않았다.

그렇다고 구속이 느린 체인지업과 너클 커브에 초점을 맞췄다간 빠른 패스트볼을 바라볼 수밖에 없게 된다.

그만큼 타자들이 작심하고 패스트볼 타이밍에 방망이를 휘두르는 것과 매번 고민하며 방망이를 내미는 것의 차이는 컸다.

특히나 상대해야 할 투수가 한정훈처럼 구위는 물론 제구까지 완벽하다면 방망이 중심에 맞추는 것조차 버거워질 수밖에 없었다.

결론적으로 한정훈은 보여주기식 변화구 두 개로 타자들과의 심리전에서 한 발, 아니, 서너 발 앞서 나가 버렸다.

그리고 오늘 경기가 끝날 때까지 이 격차가 좁혀질 가능성은 더없이 낮아 보였다.

"그런데 한정훈이 브레이브스 하퍼에게도 변화구를 던

졌어?"

마리아 리베라가 호르에 포사다를 바라보며 물었다.

한정훈이 중심 타자를 상대로 변화구를 던졌다면 1회 초 브레이브스 하퍼도 빼먹지 말아야 했다.

그러자 호르에 포사다가 기다렸다는 듯이 입을 열었다.

"그게 포인트였어."

"포인트라니?"

"한정훈이 브레이브스 하퍼에게 하이 패스트볼을 던졌거든. 5차전 때의 악몽을 떠올리게 만들려는 속셈이었던 거지. 그런데 그 공을 브레이브스 하퍼가 이 악물고 때려냈어. 포수 파울 플라이로 물러나긴 했지만 얼추 타이밍은 맞은 셈이지."

"호오, 아까웠겠군."

"브레이브스 하퍼가 엄청 억울해하더라고. 마치 커다란 외야 플라이가 담장 앞에서 잡힌 것처럼 굴었다니까? 그걸 본 한정훈의 심정이 어땠겠어?"

"보통 투수들 같았다면 겁을 먹었겠지. 조금만 공이 낮았더라도 큰 걸 허용했을 거라고 생각하면서 말이야."

"하지만 한정훈은 보통 투수가 아니잖아?"

호르에 포사다가 씩 웃었다.

한정훈이 브레이브스 하퍼에게 겁을 먹었다면 마이클 트라우스와 놀란 아레나스에게 초구부터 변화구를 던지지는 못했을 것이다.

"다음 번 브레이브스 하퍼의 타석이 볼 만하겠군 그래."

마리아 리베라의 입가에도 묘한 웃음이 번졌다.

그러자 앤디 패티스가 장난스런 얼굴로 끼어들었다.

"난 한정훈에게 만 달러."

"뭐야, 갑자기? 그럼 나도 한정훈에게 만 달러를 걸어야 하잖아."

호르에 포사다가 냉큼 내기에 참여했다.

괜히 늦게 입을 열었다가 브레이브스 하퍼에게 돈을 걸게 될까 봐 겁이 난 것이다.

"그럼 나도 한정훈에게 만 달러."

"나도 마찬가지야."

마리아 리베라와 에릭 지터도 곧바로 배팅을 했다.

호르에 포사다가 만류했다면 모르겠지만 내기에 동참한 이상 뜸을 들일 여유가 없었다.

덕분에 브레이브스 하퍼에게 돈을 거는 건 브라이언 캐시 단장으로 확정됐다.

"이건 불공평 해!"

"그러니까 빨리 배팅하셨어야죠."

"그럼 나도 한정훈에게 걸겠네."

"그건 안 되죠, 단장님. 그럼 내기가 성립이 되지 않잖아요."

"젠장."

브라이언 캐시 단장이 질근 입술을 깨물었다.

아직 판은 벌어지지도 않았지만 기분만큼은 4인조 갱단에게 1만 달러를 갈취당한 느낌이었다.

"그래도 혹시 모르잖아? 브레이브스 하퍼가 한 방 때려낼지. 응?"

혼자 죽을 수 없다고 생각한 브라이언 캐시 단장은 마리아 리베라를 타깃으로 삼아 열심히 혀를 놀렸다.

하지만 한정훈을 보기 위해 가족들과의 여행 일정도 앞당기고 뉴욕으로 돌아온 마리아 리베라의 생각이 바뀔 리 없었다.

"저 대신 에릭을 설득하시는 게 빠를 겁니다."

마리아 리베라가 에릭 지터를 힐끔거렸다.

평소 투수보다 타자에게 후한 점수를 주던 에릭 지터라면 생각이 달라질 수도 있다고 여겼다.

그러나 천생 타자인 에릭 지터조차도 뻔한 승부에 바보짓을 할 생각은 없었다.

"전 안 바꿀 겁니다."

에릭 지터가 단호하게 말했다.

자연스럽게 브라이언 캐시 단장의 입에서 무거운 한숨이 흘러 나왔다.

"단장님, 그냥 사내답게 만 달러 쏘세요."

"맞아요. 이렇게 다 함께 모이기도 쉽지 않잖아요. 안 그래요?"

호르에 포사다와 앤디 패티스가 포기하라고 말했다.

하지만 브라이언 캐시 단장도 선선히 물러날 생각은 없었다.

"좋아. 대신 배팅 금액을 배로 올리지."

"금액을 올리자고요?"

"왜? 자신 없으면 죽던가."

궁지에 몰린 브라이언 캐시 단장이 일부러 으름장을 놓았다.

장난으로 시작한 내기가 장난이 아니게 되면 판이 깨질 가능성이 높아지기 때문이었다.

하지만 그것도 잠시.

"까짓것 좋습니다. 만 달러 받고 만 달러 더! 삼만 달러!"

"콜!"

"콜."

"콜."

앤디 패티스를 시작으로 호르에 포사다와 마리아 리베라, 심지어 에릭 지터까지 콜을 외치면서 잠시 의기양양해졌던 브라이언 캐시 단장의 얼굴이 시커멓게 죽어버렸다.

'젠장할······.'

브라이언 캐시 단장이 초조해진 눈으로 다시 마운드에 오른 한정훈을 바라봤다.

이렇게 된 이상 한정훈이 3회까지만 던지고 내려가는 기적이 일어나길 바라는 수밖에 없었다.

하지만 그런 기적이 일어날 가능성은 손톱의 때만큼도 되지 않았다.

만약 당초 예정대로 한미 올스타전이 3차전으로 치러졌다면 충분히 가능했을지 몰랐다.

짧은 시리즈의 친선 경기에서 한 명의 투수가 오래 던지는 일은 극히 드물었다.

게다가 부상 방지 차원에서 한미 올스타전 엔트리를 30명으로 확대한 상태였다.

투수를 14명 정도 뽑는다고 가정했을 때 한 명의 투수가 책임져야 할 이닝은 채 2이닝이 되지 않았다.

엔트리에 포함된 투수들을 최소 1이닝 이상 던지게 하려면 선발투수가 3이닝 이상을 던져서는 안 되는 셈이었다.

하지만 한정훈이 고작 3이닝을 던지는 경기를 보기 위해 각 팀의 주력 선수들을 차출하는 건 말이 되지 않는다는 불만들이 많아지면서 시리즈는 1차 대회 때의 5차전을 넘어 7차전으로 확대됐다.

이미 미일 올스타전을 7차전으로 치르고 있기 때문에 형평성 부분에서도 문제 될 게 없었다.

그리고 한미 올스타전 2차전의 시리즈 확대를 가장 앞장서서 주장했던 게 다름 아닌 브라이언 캐시 구단주였다.

덕분에 다른 메이저리그 구단 관계자들은 한정훈의 호투를 흐뭇한 눈으로 지켜볼 수 있었다.

3회 말 한정훈이 미국 올스타 대표팀 7, 8, 9번 타자를 공 9개로 처리하자 수많은 VIP룸에서 박수 소리가 터져 나왔다.

패스트볼과 체인지업을 섞어 던지며 세 타자를 전부 3구 삼진으로 돌려세운 것이다.

더욱 흥미로운 건 한정훈이 타자들의 핫 존만 노려서 공을 던졌다는 점이다.

"이건 뭐…… 할 말이 없군. 할 말이 없어."

"카이스트로가 방망이를 내동댕이친 거 봤어? 구심이 만류하지 않았다면 당장 마운드로 달려갈 기세였다고."

"1회는 압도적이었고 2회는 영리하더니 3회는 잔인해졌어."

"이건 카멜레온도 아니고 어떻게 저렇게 느낌이 달라질 수 있는 거지?"

메이저리그 구단 관계자들은 하나같이 혀를 내둘렀다.

1회와 2회, 그리고 3회.

매 이닝 전혀 다른 느낌으로 던지는 한정훈을 보고 있자니 자신들이 알고 있던 투수가 맞나 싶을 정도였다.

하지만 결과적으로 메이저리그 구단 관계자들과 투자자들의 반응은 보고서만 읽었을 때보다 훨씬 긍정적으로 변해 있었다.

"한정훈, 지금 몸값이 얼마라고요?"

"연평균 5천만 달러 선까지 이야기가 나온 상황입니다."

"5천만 달러라. 장기 계약을 통해 초반 연봉 부담을 줄인 다면 계약 못 할 것도 없군요."

"커셔와 브레이브스 하퍼 이후로 4천만 달러 시대가 활짝 열렸습니다. 이 추세대로라면 5년 이내에 5천만 달러 시대가 찾아올 가능성이 높았습니다. 그 시작을 한정훈이 조금 앞당 기는 것뿐입니다."

미국 올스타 대표팀을 압도하는 한정훈의 투구에 메이저 리그 구단 관계자들은 하나같이 계산기를 두드려 댔다.

현재 떠도는 몸값부터 시작해 향후 2년간 폭등할 몸값, 그리고 그 정도 몸값을 감당할 수 있는 경쟁 구단 리스트들 까지.

벌써부터 2년 후 있을 한정훈 영입 쟁탈전의 승자가 되기 위해 잔머리를 굴려댔다.

문제는 빅 마켓 구단뿐만 아니라 재정 상태가 어렵다고 알 려진 구단들조차 몸값이 어마어마하게 뛰어오른 한정훈에게 눈독을 들이고 있다는 점이었다.

"이게 다 한국의 포스팅 상한선이 낮아서입니다."

레드삭스의 벤 셰일턴 보좌관이 불만스럽게 투덜댔다.

2017년 메이저리그 사무국과 KBO는 포스팅 비용 상한선을 1,000만 달러로 확정했다.

일본 측의 포스팅 비용 상한선 2,000만 달러의 절반에 불과한 금액이었지만 대부분의 메이저리그 구단들은 그 정도면 충분하다는 입장이었다.

메이저리그에 신출한 한국 프로 선수 중 1,000만 달러 이상의 포스팅 입찰을 받은 건 류현신(2,573만 달러, 다저스)과 박병훈(1,285만 달러, 트윈스), 두 명뿐이었다.

이 둘이 MVP 출신 스타플레이어라는 점을 감안했을 때 이들보다 많은 포스팅 비용을 받아낼 수 있는 한국 프로 야구 선수는 손에 꼽힐 것이라는 게 메이저리그 구단들의 공통된 의견이었다.

그런데 포스팅 비용 합의가 끝난 다음 해, 공교롭게도 한정훈이 프로 리그에 데뷔했다.

그리고 말도 안 되는 엄청난 성적을 거두며 메이저리그를 정조준하고 있었다.

지금의 분위기가 이어진다고 가정했을 때 2년 후 한정훈이 메이저리그 포스팅에 참여한다면 전 구단에서 1,000만 달러의 입찰 금액을 써낼 것이다.

그리고 다양한 방법으로 한정훈의 마음을 얻어내려 노력할 것이다.

6년 총액 3억 달러라는 구체적인 가이드라인은 철저하게 빅 마켓 구단들의 입맛에 따른 것이었다.

3억 달러를 지불한다면 한정훈이라는 투수를 적어도 6년 간은 보유해야 손해를 보지 않는다는 이야기였다.

하지만 스몰 마켓 구단들까지 한정훈을 장기 보유하려 들지는 않을 터였다.

어떤 구단에서는 한정훈의 계약 기간을 대폭 낮춘 계약서를 들이밀 것이다.

한 살이라도 어릴 때 다시 FA 시장에 나가야 더 큰 대박을 칠 수 있는 만큼 선수 입장에서는 6년에 3억 달러 계약보다 3년에 1억 2천만 달러 계약이 더 구미가 당길 수밖에 없었다.

또 어떤 구단에서는 라이벌 구단이 한정훈을 영입하는 걸 막기 위해 농간을 부릴 것이다.

라이벌 구단보다 더 큰 금액에 한정훈을 영입한 뒤에 쏠쏠한 조건으로 반대 지구 팀으로 트레이드 시킨다면 한정훈으로 인한 피해를 최소화할 수 있었다.

또 어떤 구단에서는 빅 마켓 구단들을 엿 먹이기 위해 한정훈의 몸값 부풀리기를 시도하려 할 것이다.

3억 2천만 달러 선에서 계약서 작성에 들어갔는데 갑자기 다른 구단에서 3억 2천 1백만 달러를 부른다면 계약은 다시 원점으로 되돌아갈 수밖에 없었다.

결국 어느 쪽이든 스몰 마켓 구단들은 빅 마켓 구단들이 한정훈을 독식하려는 걸 두고만 보지 않을 것이다.

적어도 분탕질 정도는 쳐야 한정훈을 원하는 팬들에게 할 말이 생기기 때문이다.

그럴수록 한정훈의 몸값은 자연히 올라갈 것이다.

그리고 그에 따른 피해는 고스란히 한정훈을 실질적으로 영입할 수 있는 빅 마켓 구단들에게 돌아가고 말 것이다.

"그때 상한선을 정하는 게 아니었어."

데이브 돈브로스키 사장도 고개를 흔들어 댔다.

만약 과거처럼 포스팅 상한선이 없었다면 한정훈 영입 전략은 지금보다 훨씬 여유롭고 깔끔했을 것이다.

역대 최고 포스팅 금액은 레인저스가 다르비스 유를 영입하기 위해 제시한 5,170만 달러다.

한정훈의 잠재 가치가 다르비스 유를 능가한다고 가능했을 때 포스팅 금액으로 1억 달러 이상이 나오지 말라는 법은 없었다.

만약 레드삭스가 1억 달러 선에서 포스팅 전쟁을 시작하면 스몰 마켓 구단들은 알아서 나가떨어질 수밖에 없다.

물론 양키즈를 비롯해 레인저스나 다저스 같은 큰손들은 엇비슷한 금액으로 포스팅에 참여할 것이다.

하지만 2천만 달러, 혹은 3천만 달러를 더 지불해 한정훈의 단독 교섭권을 따내기만 한다면 지금보다 더 낮은 가격에 한정훈을 오랫동안 보유할 방법이 생겼을 것이다.

"한정훈의 투구를 보고 지레 겁을 먹는 구단들도 분명 있을 겁니다."

마이크 헤이즈 단장이 데이브 돈브로스키 사장을 위로했다.

한정훈이 자신의 공으로 메이저리그에서 통한다는 사실을 제대로 증명해 낸 만큼 한정훈의 몸값은 지금보다 더 뛰어오를 터.

연 5천만 달러에 달하는 연봉조차 부담스러운 스몰 마켓 구단들이 일찌감치 발을 빼려 할지도 몰랐다.

하지만 고작 그 정도로 무거워진 VIP룸의 분위기가 밝아질 리 없었다.

"보스, 이참에 포스팅 상한선을 올리는 게 어떻겠습니까?"

벤 세일턴 보좌관이 데이브 돈브로스키 사장을 바라봤다.

그러자 데이브 돈브로스키 사장의 눈동자가 커졌다.

"가능한 일이야?"

"핑계야 만들면 될 일이고, 사무국 쪽과 잘 이야기한다면 한국 측에서도 결코 마다하진 않을 것 같습니다."

"하기야 매해 메이저리그 선수들의 연봉도 가파르게 상승하고 있으니까요."

마이크 헤이즈 단장이 냉큼 말을 받았다.

선수들의 가치가 매년 상승하고 있는데 포스팅 비용이 고정적이라는 건 있을 수 없는 일이었다.

"결국 여론이란 말이군."

데이브 돈브로스키 사장이 깍지 낀 손가락으로 턱을 받쳤다.

그렇게 한참 동안 장고를 한 끝에 테이블 위에 올려두었던 핸드폰을 집어 들었다.

"납니다. 긴히 할 말이 있는데 오늘 시간 어떻습니까?"

데이브 돈브로스키 사장이 칼을 뽑아들자 벤 셰일턴 보좌관과 마이크 헤이즈 단장의 입가에 환한 미소가 번졌다.

메이저리그에서 상당한 영향력을 행사하고 있는 데이브 돈브로스키 사장이 전면에 나선 이상 어떻게든 한국과의 포스팅 시스템에 대한 개선이 이루어질 가능성이 높았다.

"저 선수, 꼭 펜 웨이 파크 마운드에 세우고 싶습니다."

마이크 헤이즈 단장이 한결 뜨거워진 눈으로 마운드에 선 한정훈을 바라봤다.

"걱정 마. 한정훈은 빨간 양말을 좋아하니까."

벤 셰일턴 보좌관이 마이크 헤이즈 단장의 어깨를 두드렸다.

한정훈이 SNS를 통해 레드삭스에 대한 호감을 드러낸 이상 타 구단에 빼앗길 마음은 눈곱만큼도 없었다.

하지만 애석하게도 벤 셰일턴 보좌관이 철석같이 믿고 있는 정보와 진실과는 상당한 차이가 있었다.

"뭐야, 이거? 코리안 쇼크가 레드삭스 팬이었어?"

한정훈이 다시 마운드에 오른 줄도 모르고 핸드폰을 만지작거리던 앤디 패티스가 자리에서 벌떡 일어났다.

그러고는 다른 이들이 보란 듯이 자신의 핸드폰을 내밀

었다.

큼지막한 핸드폰 화면 속에는 빨간 양말 사진과 함께 '나는 빨간 양말을 사랑합니다'라는 의미의 영어가 적혀 있었다.

"설마 그거 한정훈의 SNS야?"

에릭 지터의 눈매가 잔뜩 일그러졌다.

덩달아 브라이언 캐시 단장과 마리아 리베라의 얼굴도 굳어졌다.

한국 선수가 특정 메이저리그 구단을 좋아한다는 건 충분히 있을 수 있는 일이었다.

하지만 그 구단이라는 게 레드삭스인 건 쉽게 용납할 수가 없었다.

그러자 호르에 포사다가 냉큼 입을 열어 사태를 수습했다.

"다들 진정해! 그거 한정훈 SNS 아냐."

"아니라고? 이거 봐! 여기 분명히 한정훈이라고……!"

"앤디, 진정해. 아니야. 정말 아니라고."

호르에 포사다의 한마디에 폭발 일보 직전의 폭탄 타이머가 멈춰 섰다.

하지만 그뿐이다. 호르에 포사다가 납득할 만한 설명을 내놓지 못한다면 잠시 멈췄던 폭탄이 쾅 하고 터져 버릴 것 같았다.

"내가 경기 전에 잠깐 만났을 때 한정훈에게 SNS 친구를 맺자고 말했거든? 그런데 한정훈이 사용 중인 SNS가 없다고 대답했어."

"그럼 이 이름은 뭔데?"

"한국에 한정훈이라는 이름을 가진 사람이 설마 한 명뿐이겠어? 또 다른 한정훈이 우리의 보물 한정훈을 흉내 낸 것이겠지. 그것도 아니면 아예 도용을 당했거나."

"하지만 한정훈이 몰래 SNS를 사용하고 있을지도 모르잖아?"

"이봐, 앤디. 상식적으로 생각해 봐. 한정훈이 바보가 아니고서야 메이저리그 모든 구단이 자신을 원하고 있는데 쓸데없이 특정 팀에 애정을 드러내려고 할까? 설사 한정훈이 어린 나이에 실수를 했더라도 에이전시가 가만있지 않았을걸? 하지만 봐봐. 이거 몇 개월도 더 된 글인데 아직까지 그대로 남아 있잖아."

"흠……."

"확실히 그렇군."

호르에 포사다의 열성적인 해명에 다들 고개를 주억거렸다.

확실히 정체불명의 SNS 글 하나를 가지고 한정훈을 레드삭스 팬으로 매도하는 건 이성적이지 못한 짓이었다.

"후…… 다행이다. 나 정말로 한정훈을 미워할 뻔했어."

앤디 패티스는 호들갑을 떨었던 것만큼이나 요란스럽게

가슴을 쓸어내렸다.

에릭 지터도 이내 무표정한 얼굴을 되찾았다.

"호르에, 이것 좀 봐."

"오……! 이런 좋은 기사를 왜 이제야 발견한 거야?"

마리아 리베라와 호르에 포사다는 과거 한정훈이 박찬오의 소속팀을 언급했던 기사를 찾아내고는 마주보며 웃어댔다.

짧게나마 박찬오가 핀 스트라이프를 입었던 만큼 양키즈가 한정훈을 영입할 가능성이 더 높아졌다고 여긴 것이다.

사나운 삭풍이 몰아쳤던 VIP룸이 언제 그랬냐는 것처럼 평온함을 되찾았다.

하지만 단 한 사람, 브라이언 캐시 단장만큼은 웃을 수가 없었다.

'제발……! 제발……!'

4회 말.

2사 주자 없는 상황에서 브라이브스 하퍼가 타석에 들어서자 브라이언 캐시 단장은 속으로 간절히 기도했다.

지금까지 단 하나의 안타도 내주지 않고 완벽투를 이어가는 한정훈이 자신을 위해 이번 한 번만 안타를 허용해 주길 바랐다.

하지만 애석하게도 브레이브스 하퍼는 한정훈의 피칭에 좀처럼 적응하지 못하고 있었다.

초구 바깥쪽으로 흘러나가는 투심 패스트볼에 헛스윙.

2구 몸 쪽으로 휘어져 들어오는 커터에 먹힌 파울.

순식간에 투 스트라이크에 몰린 상황에서 브레이브스 하퍼가 한정훈의 공을 공략해 낼 가능성은 0에 가까워진 상태였다.

"빌어먹을!"

브레이브스 하퍼의 얼굴은 초구를 놓친 순간부터 벌겋게 변해 있었다.

분명 한정훈이 던지는 공이 눈에는 들어오는데 좀처럼 방망이에 잡히질 않으니 울컥울컥 짜증이 치밀어 올랐다.

게다가 더 짜증이 나는 건 이제부터 한정훈이 좀처럼 던질 것 같지 않은 변화구까지 신경 써야 한다는 점이었다.

'이번에는 체인지업을 던질까? 아니면 또다시 패스트볼?'

브레이브스 하퍼의 머릿속이 복잡해졌다.

한정훈의 패스트볼이 93mile/h(≒149.6㎞/h)정도만 됐더라도 체인지업 타이밍에 패스트볼을 함께 대응했을 것이다.

하지만 변화구 타이밍에서 100mile/h을 상회하는 패스트볼을, 그것도 네 종류나 되는 패스트볼을 전부 대처하기란 쉬운 일이 아니었다.

'체인지업은 없을 거야. 아니, 없어! 죽더라도 패스트볼 하나만 노리자.'

브레이브스 하퍼가 입술을 질근 깨물었다.

자신에게만 유독 깐깐한 공을 던지는 한정훈의 성격상 이 상황에서 체인지업이 들어올 것 같지는 않았다.

그러자 강민오가 기다렸다는 듯이 바깥쪽으로 미트를 움직였다.

손가락은 네 개.

사인을 확인한 한정훈이 힘껏 공을 내던졌다.

후아앗!

한정훈의 손끝에서 공이 빠져나오기가 무섭게 브레이브스 하퍼가 타격 자세에 들어갔다.

후웅!

간결한 테이크백에 이어 번개처럼 휘돌아 나온 방망이 소리가 요란하게 울렸다.

메이저리그에서도 정평이 나 있는 파워풀한 스윙에 걸려 들기만 하면 어지간한 공들은 전부 담장 밖으로 사라져 버릴 것만 같았다.

하지만 정작 공은 서두른 브레이브스 하퍼를 농락하기라도 하듯 느릿하게 허공을 날아왔다.

브레이브스 하퍼가 뒤늦게 허리에 제동을 걸어 방망이를 멈춰 세웠지만 얄밉게도 공은 정확하게 바깥쪽 스트라이크 존을 파고들었다.

"스트라이크, 아웃!"

구심이 단호하게 주먹을 들어 올렸다. 그와 동시에 브레이브스 하퍼의 얼굴이 사납게 일그러졌다.

–와우! 코리안 쇼크! 브레이브스 하퍼를 3구 삼진으로 돌려 세웁니다.

–정말 대단한 배쌍이네요. 너클 커브라니요. 브레이브스 하퍼를 완벽하게 농락했습니다.

–초구와 2구에 패스트볼로 승부를 본 게 주효했던 것 같죠?

–확실히 그렇습니다. 99mile/h의 포심 패스트볼과 96mile/h의 커터로 브레이브스 하퍼의 타이밍을 앞당겨 놓고 자신이 던질 수 있는 가장 느린 85mile/h(≒136.8km/h)짜리 너클 커브를 던졌으니 브레이브스 하퍼도 꼼짝 없이 당하고 말았습니다.

–게다가 무브먼트도 엄청 좋았죠? 마지막 순간 궤적이 살짝 변한 느낌인데요.

–그래서 지난 경기 때 너클 볼이라고 했었죠.

–하지만 기사를 보니까 코리안 쇼크는 너클 볼을 던질 줄 모른다고 하던데요?

–그래서 제가 한정훈 선수의 투구 동영상을 몇 번이고 살펴봤습니다만 어떻게 그런 무브먼트가 나오는지는 아직도 파악하지 못했습니다.

–너클 볼은 아닌데 너클 볼 같은 느낌이라. 동양의 신비

같은 걸까요?

　－하하. 그래도 진정한 의미의 너클 볼과는 분명 다릅니다. 그립이나 던지는 방법에 차이가 있겠죠. 하지만 타석에선 타자들이 느끼기에는 별반 다를 게 없을 겁니다.

　－노리고 쳐도 좀처럼 방망이 중심에 맞아줄 것 같지 않단 말이군요.

　－그렇습니다. 그래서 브레이브스 하퍼도 마지막 순간에 방망이를 멈춰 세운 것이겠죠. 괜히 건드렸다가 범타로 물러나느니 볼이 되길 바라면서요.

　－그건 영리한 판단 아니었을까요? 그러면 한 번 더 방망이를 휘두를 기회가 생기니까요.

　－하지만 불행이도 한정훈은 컨트롤이 좋은 선수입니다. 브레이브스 하퍼는 그 점을 간과했죠.

　－차라리 어떻게든 건드려서 결과물을 만들어내는 편이 나았다는 이야기네요.

　－결과론적으로는 그렇습니다. 그만큼 한정훈은 상대하기 어려운 투수입니다. 브레이브스 하퍼 레벨의 타자들에게도 말이죠.

　미국 중계진은 브레이브스 하퍼를 삼진으로 돌려세운 너클 커브 영상을 돌려보고 또 돌려보며 한참 동안 떠들어 댔다.

그러는 동안 에디슨 범가너가 마운드에 올랐지만 대화의 주제는 여전히 한정훈에게 머물러 있었다.

다른 VIP룸들의 분위기도 마찬가지였다.

심지어 자이언츠 구단 관계자들조차 눈으로는 에디슨 범가너를 바라보면서 입으로는 한정훈에 집중했다.

"한정훈과 범가너. 이보다 더 훌륭한 조합이 있을까요?"

브라이언 세이버 부사장의 입가로 미소가 번졌다.

오늘의 명품 투수전을 주도하고 있는 두 투수가 자이언츠의 마운드를 이끈다는 상상만으로도 흥분을 참기 어려웠다.

"한정훈이 메이저리그 우승 반지를 원한다면 자이언츠를 간과하지는 못할 겁니다. 물론 한국인들에게는 다저스가 조금 더 인기겠지만 그건 박찬오와 류현신 때문이니까요."

제레미 실비 부단장이 웃으며 말을 받았다.

한국에서의 인지도를 떠나 월드 시리즈 우승 가능성만 놓고 봤을 때 자이언츠가 다저스에 밀릴 이유는 눈곱만큼도 없었다.

실제 지난 5년간 자이언츠는 두 차례 월드 시리즈에 진출했다.

비록 우승은 하지 못했지만 자이언츠 선수들은 가을 야구에서 이기는 법을 알고 있었다.

반면 다저스는 지난 5년간 단 한 번도 월드 시리즈 무대를 밟지 못했다.

클레이튼 커셔-류현신-마에다 켄타로 이어지는 리그 최정상급 마운드를 갖췄음에도 말이다.

지난 5년간 내셔널리그 서부 지구는 다저스가 3번, 자이언츠가 2번 우승했다.

자이언츠는 다저스가 우승한 3년 동안 와일드카드를 통해 포스트시즌에 진출했다.

반면 다저스는 자이언츠가 우승한 해에 포스트시즌에 오르지 못했다.

지구 성적만 놓고 봤을 때 다저스가 자이언츠보다 앞섰지만 포스트시즌 성적은 다저스가 자이언츠를 따라오지조차 못하는 모양새였다.

만약 한정훈이 메이저리그를 동경하는 재능 있는 투수였다면 우승팀에 목을 매지는 않을 터였다.

한정훈의 에이전시도 더 많은 돈을 주는 구단을 선호하지 우승을 할 수 있는 구단을 우선순위에 두려 하지 않을 게 뻔했다.

하지만 오늘 경기를 통해 보여준 한정훈의 재능은 팀을 우승으로 이끌 만한 수준이었다.

그렇다면 한정훈도 자신이 합류했을 때 우승 가능성이 큰 팀을 선호할 가능성이 컸다.

"문제는 돈과 교통정리인데 그 부분도 크게 걱정할 건 없어 보입니다."

바비 어빈스 단장이 브라이언 세이버 부사장을 바라보며 말했다.

현재 자이언츠의 투수진은 에디슨 범가너-지니 쿠에토-지프 사마자가 상위 선발을 이루고 있었다.

에디슨 범가너는 구단은 물론이고 팬들조차 인정하는 자이언츠의 절대적인 에이스였다.

에디슨 범가너가 빅 마켓 구단인 양키즈와 레드삭스, 레인저스, 다저스의 구애를 뿌리치고 자이언츠에 남은 순간부터 그는 자이언츠의 레전드 자리를 예약한 것이나 다름없었다.

하지만 지니 쿠에토와 지프 사마자의 입지는 에디슨 범가너처럼 굳건하지 못했다.

2015년 말 계약 기간 6년에 1억 3천만 달러를 주고 데려온 지니 쿠에토가 지난 4년간 거둔 성적은 44승.

연평균 11승에 불과했다.

특히나 옵트 아웃이 걸려 있던 첫 2년간은 18승에 머물렀다.

그나마 올 시즌 들어 타자들의 득점 지원이 좋아지면서 성적도 반등하긴 했지만 그런 호성적이 오래갈 것이라고 여기는 전문가들은 손에 꼽힐 정도였다.

지니 쿠에토와 마찬가지로 2015년에 영입된 지프 사마자도 골칫거리였다.

계약 기간 5년에 9천만 달러라는 거금을 썼지만 4년 차인 올 시즌까지 10승 이상을 거둔 시즌은 단 한 차례에 불과했다.

올 시즌 지니 쿠에토가 받는 연봉은 2,183만 달러. 지프 사자마의 연봉은 1,980만 달러다.

이 둘의 연봉을 아낀다면(4,163만 달러) 연평균 5천만 달러 이상이라는 한정훈의 몸값을 충분히 감당할 수 있게 된다.

그뿐만 아니라 2, 3선발이 빠지면서 한정훈에게 최소한 2선발의 자리를 보장해 주는 것까지 가능했다.

메이저리그 경험조차 없는 젊은 투수가 2선발을 보장받는다는 건 결코 쉬운 일이 아니었다.

스몰 마켓 구단이나 리빌딩 중인 구단이라면 또 몰라도 자이언츠처럼 매해 월드 시리즈 패권을 노리는 명문 구단에서 그런 도박을 할 리가 없었다.

그럼에도 신인을 위해 선발 자리를 비워두고 2선발 이상을 보장한다면 한정훈의 마음이 흔들릴 가능성이 높았다.

"2022년 지니 쿠에토의 연봉이 얼마입니까?"

브라이언 세이버 부사장이 바비 어빈스 단장에게 물었다.

그러자 바비 어빈스 단장을 대신해 제레미 실비 부단장이 입을 열었다.

"구단 측에서 7년 차 옵션을 행사할 경우 2,200만 달러입니다."

"흠……. 2,200만 달러라."

"솔직히 기량이 예전만 못한 지니 쿠에토에게 보장해 줄 만한 금액은 아니라고 생각합니다."

브라이언 세이버 부사장이 지니 쿠에토를 언급한 이유는 간단했다.

에디슨 범가너-한정훈으로 이어지는 원투 펀치보다 에디슨 범가너-한정훈-지니 쿠에토의 선발진을 운용하는 게 우승 확률이 높다고 판단한 것이다.

하지만 바비 어빈스 단장과 제리미 실비 부단장의 생각은 달랐다.

"지니 쿠에토를 잡는 것보다 한정훈과 에디슨 범가너에게 확실히 투자하는 편이 더 나아 보입니다."

"제 생각도 같습니다. 한정훈과 범가너의 시너지 효과를 노리려면 구단 차원에서 범가너에게 조금 더 신경을 써야 합니다. 그러기 위해서라도 불필요한 지출은 최소화할 필요가 있습니다."

"흠……."

브라이언 세이버 부사장이 이내 고개를 주억거렸다.

비록 구단 운영을 총괄하는 입장이라 하더라도 바비 어빈스 단장과 제레미 실비 부단장의 의견을 무작정 묵살할 수는 없는 노릇이었다.

"그럼 둘 중에 누굴 에이스로 내세울 생각입니까?"

브라이언 세이버 부사장이 다시 입을 열었다.

한정훈이 영입됐다고 가정했을 때 한정훈과 에디슨 범가너의 에이스 쟁탈전은 피하기 어려웠다.

물론 한정훈과 에디슨 범가너를 묶어 최강의 원투 펀치로 포장할 수는 있었다.

서로 던지는 유형이 다르니 좌완 에이스와 우완 에이스로 추켜세우는 것도 가능했다.

하지만 어떤 팀이건 에이스라 불릴 수 있는 건 한 명뿐이었다.

팀 케미스트리를 감안하더라도 어느 한 명이 에이스의 자리에 앉아 팀을 이끌어주어야 했다.

"한정훈의 실력이 아무리 뛰어나더라도 적응 기간은 필요해 보입니다. 그사이 자연스러운 세대교체가 이루어지길 희망하고 있습니다."

바비 어빈스 단장이 개인적인 바람을 전했다.

전성기의 끝을 달리고 있는 에디슨 범가너의 나이를 감안했을 때 3년 이내에 한정훈에게 에이스 자리를 양보할 것이라고 내다 본 것이다.

그러나 브라이언 세이버 부사장이 원하는 건 그런 뻔한 이상론이 아니었다.

"연평균 5천만 달러, 아니, 그 이상을 줘야 할지 모르는 투수를 2선발로 쓰자는 말입니까?"

브라이언 세이버 부사장이 미간을 찌푸렸다.

메이저리그에서 1선발과 2선발은 단순히 순서 차이가 아니었다.

특히나 메이저리그에서도 손꼽히는 투수들이 즐비한 서부 리그 특성상 강한 1선발 없이는 좋은 성적을 내기가 불가능했다.

에디슨 범가너가 지금까지 에이스로 고군분투해 왔다는 사실을 모르지는 않지만 솔직히 만족스러운 수준은 아니었다.

특히나 라이벌 클레이튼 커셔와 비교했을 때 조금씩 아쉬움을 남겼다.

물론 포스트 시즌 활약은 100점 만점에 120점을 주고 싶을 정도로 훌륭했다.

그러나 정규 시즌에서의 좋은 성적이 보장되지 않는 한 포스트시즌 진출이 불가능하다는 점을 감안하자면 역시나 보다 강한 에이스 카드가 필요할 수밖에 없었다.

브라이언 세이버 부사장은 한정훈을 에이스가 되길 희망했다.

두 눈으로 직접 확인한 실력은 물론 한정훈에게 줘야 하는 연봉을 감안했을 때 그것이 최선의 결과였다.

에디슨 범가너가 기량을 유지하면서 한정훈의 뒤를 받쳐 준다면 리그 최고의 2선발이 될 것이다.

대진표도 좋아질 테니 당연히 성적도 나아질 터.

자이언츠와 에디슨 범가너, 그리고 한정훈 모두에게 좋은 일이 될 것이다.

　문제는 에디슨 범가너의 자존심이었다.

　2018년에 계약을 연장한 에디슨 범가너는 2022년 말이 되면 옵트 아웃을 행사할 수 있다.

　만에 하나 에디슨 범가너가 에이스 문제로 팀을 떠나려 한다면 한정훈-에디슨 범가너 조합으로 자이언츠 왕조를 열려던 브라이언 세이버 부사장의 계획은 1년 만에 수포로 돌아가고 말 것이다.

　"에디슨 범가너가 한정훈을 자신보다 낫다고 인정한다면 또 모르겠지만…… 하아."

　제레미 실비 부단장이 푸념하듯 중얼거렸다.

　바비 어빈스 단장이 말한 3년도 한정훈이 메이저리그에 완벽 적응을 끝내면서 동시에 에디슨 범가너가 전성기에서 내려오는 시점을 감안한 기간이었다.

　적어도 3년 정도 한정훈이 에디슨 범가너보다 뛰어난 피칭을 보여주지 않는다면 에디슨 범가너에게서 에이스 자리를 빼앗을 수는 없다는 말이기도 했다.

　하지만 브라이언 세이버 부사장이 정말로 한정훈을 에이스로 만들 계획이라면 에디슨 범가너가 스스로 인정해 주길 기도하는 수밖에 없었다.

　그것도 앞으로 2년 이내에 말이다.

"그게 최선인가……."

"아무래도 그렇겠죠."

브라이언 세이버 부사장과 바비 어빈스 단장이 나직이 말을 받았다.

그러나 그들의 말끝을 타고 흐르는 여운의 느낌은 전혀 달랐다.

'범가너의 성격에 그럴 리가.'

바비 어빈스 단장은 클레이튼 커셔조차 인정하지 않는 에디슨 범가너가 한정훈에게 호락호락 에이스 자리를 내줄 리 없다고 여겼다.

그나마 나이가 먹고 기량이 좀 떨어진다면 팀을 위해 마지못해 양보하긴 하겠지만 그 전까진 어떻게든 에이스 자리를 지킬 것이라 예상했다.

반면 브라이언 세이버 부사장은 오늘 경기를 통해 뭔가 기적이 일어날 수도 있다고 기대했다.

자신이 한정훈의 피칭을 보며 느꼈던 그 강렬한 파장이 에디슨 범가너의 심장에도 전해진다면 말이다.

다행히도 한정훈을 바라보는 에디슨 범가너의 눈빛은 이닝이 거듭될수록 뜨거워지고 있었다.

"나이스 피칭, 매드 범."

5회 초를 마치고 돌아온 에디슨 범가너에게 투수 코치가 투구 분석표 두 장을 내밀었다.

첫 번째 장의 귀퉁이에는 매드 범이라는 별명이 적혀 있었다.

그리고 두 번째 장에는 아무런 이름이 표기되어 있지 않았다.

하지만 더그아웃에 앉아 있는 선수들은 두 번째 장의 주인공이 한정훈이라는 사실을 금세 알아챘다.

5회 말이 진행되는 현시점에서 마운드에 오른 투수는 에디슨 범가너와 한정훈, 두 명뿐이기 때문이었다.

에디슨 범가너는 일단 자신의 투구 분석표부터 살폈다.

5이닝을 소화한 현재 18타자를 상대로 피안타 2개와 사사구 1개를 내주었지만 실점 없이 삼진은 7개를 뽑아냈다.

투구 수는 67개.

이닝당 투구 수는 13.4구.

타자당 투구 수는 3.72구.

이 정도면 베스트 컨디션으로 봐야 했다.

하지만 더그아웃에 앉은 선수들은 물론이고 관중들마저 에디슨 범가너에게 뜨거운 박수갈채를 보내지 않았다.

아니, 보낼 수가 없었다. 메이저리그 좌완들을 통틀어 첫손에 꼽힐 만큼 압도적인 에디슨 범가너의 피칭이 누군가에게 가려졌기 때문이다.

그리고 그 누군가가 미국 올스타 대표팀 4번 타자 마이클 트라우스를 상대로 초구를 내던졌다.

후앗!

바람 소리가 나자 에디슨 범가너가 다급히 고개를 들어 올렸다.

패스트볼을 노리는 마이클 트라우스에게 패스트볼이 날아들었으니 어쩌면 재미난 결과가 펼쳐질지 모른다고 기대했다.

하지만 그것도 잠시.

퍼엉!

마이클 트라우스의 시원시원한 헛스윙과 함께 포수의 미트가 요란하게 꿈틀거리자 에디슨 범가너의 입가로 쓴웃음이 번졌다.

"초구에 스플리터라."

마지막 순간 공은 마이클 트라우스의 스윙 궤적을 비웃듯 낮게 가라앉았다.

그 낙폭이 크진 않았지만 마이클 트라우스의 방망이와 공은 상당한 차이를 보였다.

100mile/h의 속도에 뻗어 오르는 느낌마저 드는 한정훈의 포심 패스트볼을 공략하기 위해 마이클 트라우스가 히팅 포인트를 높게 가져갔기 때문이다.

"멍청이. 저런 공에 속다니."

그 모습을 지켜보고 있던 브레이브스 하퍼가 불만스럽게 투덜거렸다.

팀의 4번 타자가 초구부터 헛스윙을 해대며 투수의 기를 살려주고 있으니 마음에 들지 않는 모양이었다.

하지만 그 속에 숨겨진 속내는 질책보다 응원에 가까웠다.

제발 너라도 좀 때려내라!

그 마음속 절규가 에디슨 범가너를 더욱 씁쓸하게 만들었다.

한정훈이 잠시 숨을 고르는 사이 에디슨 범가너는 한정훈의 투구 기록지를 내려다봤다.

4이닝 0피안타 8탈삼진.

12타자를 상대하는 동안 단 하나의 피안타도, 사사구도 허용하지 않았다.

무엇보다 놀라운 건 투구 수.

'30개, 아니, 이제 31개인가······.'

에디슨 범가너가 다시 고개를 들었다.

그 순간 한정훈의 손끝을 빠져나간 공이 마이클 트라우스의 몸 쪽으로 매섭게 파고들었다.

따악!

마이클 트라우스가 지지 않고 방망이를 휘둘러 봤지만 손잡이 부분에 맞은 타구는 그대로 3루 파울 라인 밖으로 밀려나갔다.

"대체 뭘 하자는 거야?"

브레이브스 하퍼가 또다시 불만을 늘어놓았다.

몸 쪽 공에 대처하지 못하고 저런 형편없는 스윙을 하다니.

도저히 마이클 트라우스답지 않았다.

에디슨 범가너의 시선이 머무르는 동안 한정훈은 재빨리 3구를 내던졌다.

바깥쪽으로 흘러나가는 체인지업.

반쯤 허리를 휘돌렸던 마이클 트라우스가 가까스로 방망이를 멈춰냈다.

"그렇지!"

브레이브스 하퍼가 자리에서 벌떡 일어났다.

한정훈이 맘먹고 던진 유인구를 마이클 트라우스가 골라냈으니 수 싸움에서 유리해졌다고 판단한 것이다.

하지만 에디슨 범가너의 생각은 달랐다.

아슬아슬하게 홈 플레이트를 벗어나는 공이긴 했지만 에디슨 범가너는 결코 유인구처럼 느껴지지 않았다.

'목적구야.'

같은 투수로서 에디슨 범가너는 한정훈의 속내를 금세 알아챘다.

포심 패스트볼과 10mile/h 이상 차이가 나는 체인지업을 던진 건 이 4구 때문이라는 걸 말이다.

아니나 다를까.

마이클 트라우스는 한정훈이 힘껏 내던진 4구에 미처 반응하지 못하고 스탠딩 삼진으로 물러났다.

투심 패스트볼.

우타자의 바깥쪽에서 백도어성으로 휘어들어 가는 공을 공략하기에 마이클 트라우스의 머릿속은 너무나 복잡한 상태였다.

4.1이닝 33구 탈삼진 9개.

"후우……."

에디슨 범가너가 길게 숨을 골랐다.

그동안 수많은 투수를 상대해 왔지만 지금처럼 암담한 경우는 처음이었다.

to be continued

우지호 장편소설

빅 라이프

돈도 없고 인기도 없는 무명작가 하재건,
필사적으로 글을 써도
절망뿐인 인생에 빛은 보이지 않는데…….

어느 날,
그가 베푼 작은 선의가
누구도 믿지 못할 기적이 되어 찾아왔다!

'글을 쓰겠다고 처음 결심했던 때를
잊지 말게.'

무명작가의 인생 대반전!
지금 시작됩니다.

포텐
POTENTIAL

어떤 사물에는 그것을 오랜 기간 사용한
사람의 잠재된 능력이 고스란히 담긴다.
그리고 난 그것을 사용할 수 있다.

천재 디자이너, 죽은 이도 살리는 명의,
감성을 울리는 피아니스트, 바람기 가득한 첩보원.
그 누구라도 될 수 있다. 단, 애장품만 있다면!

달인의 눈으로 세상을 바라보는,
유쾌한 민호의 더 유쾌한 애장품 여행기!

내 안에 몬스터 있다

형상준 현대 판타지 장편소설

태양의 흑점 폭발과 함께 새로운 시대가 찾아왔다!

마나와 능력자, 그리고 몬스터가 존재하는 현대.
그리고 그곳을 살아가는 마나석 가공 판매업자 김호철.
평소처럼 마나석을 탄 꿀물을 마시던 그는
번개에 맞고 신비로운 힘을 각성하게 되는데……

'내 안에서 몬스터가…… 나왔다?'

그것도 김호철이 먹은 마나석의 개수만큼 많이.

Wish Books

레벨업 어게인

LEVEL UP AGAIN

잘은 모르겠지만 과거로 돌아왔다.

최단 기간, 최고 속도 레벨 업, 노블레스 등급 클리어.
생각지 못했던 행운들에 시스템상 주어지는 위대한 이름,
앰플러스 네임까지.

모든 게 좋았다.
사랑했던 여자도 이젠 지킬 수 있을 것 같았다.

[앰플러스 네임 '빛의 성웅'이 성립됩니다.]

그런데 뭐냐. 이 요상한 이름은······?
나 그런거 아닌데. 아 진짜. 아니라니까요.

KILL THE DRAGON

Wish Books

킬 더 드래곤

백수귀족 현대 판타지 장편 소설

인간 VS 드래곤

지구를 침략한 드래곤!
3년에 걸친 싸움은 인간의 승리로 돌아갔지만
15년 후,
드래곤의 재침공이 시작되었다!

드래곤을 죽일 수 있는 건 오직 사이커뿐!

인류의 존망을 건 최후의 전쟁.
그 서막이 오른다!